二人の被写界深度

Saimon
西門

CHARADE BUNKO

Illustration

橋本あおい

CONTENTS

二人の被写界深度

1

カーテンの隙間から差し込む朝日がフローリングに反射する。叶昴はその眩しさに耐えかねて目を開いた。

「んー……」

一つ大きく伸びをしてゆっくりと起き上がる。枕元にある携帯のアラームはまだ鳴る前で、それを解除してベッドから這い出た。伸びすぎた髪を適当にゴムで結わけば、二十歳にしては華奢すぎる首筋が覗く。眠い目を擦りながら遮光カーテンを端に寄せると、差し込む日の光で一気に部屋が明るくなった。

「いい天気だ」

雲一つない青空が広がり、窓を開けると爽やかな春の風が舞い込んできた。昴が住む横須賀は「海の街」というイメージかもしれないが、住んでいる人間からしてみれば、「山と坂」のイメージの方が強い。だから自宅から海は見えないものの、高台にあるため風通しはよかった。

昴は今日も一日頑張ろうと、気合いを入れる。

まだベッドの中で、眩しそうに眉をひそめているのは甥っ子の玲央だ。眠っている姿は、天使のように可愛い。寝顔をいつまでも見ていたいと思うけれど、幼稚園があるのでそろそろ起こさなければ。今は二人で寝ている、兄たちが使っていたダブルベッドにもう一度横たわる。そしてムニャムニャと口元を動かしているあどけない頬を突くと、玲央は迷惑そうに眉を寄せた。

「玲央、朝ですよ～。起きてください～」

「や―……」

くすぐったいのか昴の手をはらいながら、寝ぼけた声が返ってくる。それもまた可愛らしくて頬が緩んだ。

朝日に照らされるその髪は薄茶色で柔らかく、睫毛も宝石を散りばめたようにキラキラと光っていた。玲央の母親はアメリカ人だったけれど、顔は日本人の兄に似ているため、昴と並ぶと年の離れた兄弟のようだった。

昴の兄と義姉は、もうこの世にはいない。一年前、交通事故で亡くなってしまった。両親とも早いうちに死に別れている昴にとって、唯一の血縁は玲央だけだ。

兄たちに代わって玲央を育てていく。それが今の昴の生き甲斐になっている。これ以上、大切な人を失わないために、玲央を全力で守ると決めたのだ。

とはいっても大切にすることと甘やかすのは違う。昴はまだ起きようとしない甥っ子に、もう一度声をかけた。

「玲央、早く起きないとご飯なくなっちゃうかもよ？」

大好きな卵焼き食べられちゃうかも、と声をかけると大きな目がパチッと見開かれる。

「だめ！　レオがたべるの！」

あまりにも勢いよく起き上がったので、ぐずっていたのはなんだったんだと思わず笑ってしまった。

玲央は今日も元気だ。それだけで安堵と幸せな気持ちが胸に広がっていく。守るべきものが自分にはあると思うから頑張れるのだ。

「じゃあ、顔洗って着替えるよ」

「はーい」

ベッドから降りると、元気に走り出した。

「階段はゆっくり降りてよ」

転んでケガをしたら困ると、声をかけながら玲央のあとを追って洗面所に向かった。

支度を済ませると自宅の玄関を出る。車がすれ違うのがやっとの広さの住宅街の道路、とはいっても横須賀の市街地は少し奥に入ると狭い道路がたくさん残っている。そこを玲央の手を取りながら渡り向かいの家を訪ねる。

白い鉄製の門扉の向こうには、プランターに季節の花が咲き誇り、玄関を彩っていた。牧歌的な光景のせいか、司波家の敷地内に入るとなぜか気持ちが軽くなるから不思議だった。

手を放した途端に玲央が走り出し、元気よく家の中へ飛び込んでいく。

「ばあば、まーちゃん、おはよう！」

「こら玲央！　待って」

それを追うように昴も家に上がった。リビングの扉を開けると、朝食のいい匂いが漂っている。開放的なリビングと一続きになっているダイニングキッチンから、声が聞こえてきた。

「おはよう。もうすぐできるわよ」

「ばあば、たまごやきある？」

「もちろん」

キッチンに立っている、ばあばこと昌子がいつもと変わらぬ優しい笑顔で迎えてくれた。彼女の作る卵焼きは玲央の大好物で、機嫌が悪いときやぐずっているときでも、それがあればあっという間に笑顔になるのだ。

「Good Morning!」

テーブルに食事を運んでいるのは、昌子の娘の真奈美だ。彼女は地元で不動産業を営んでおり、主に米軍基地に物件を紹介している。彼女は昴の亡き母と年が近く、良き友人だった。現役でバリバリ働いていることもあり、実年齢よりも若く見られるらしい。なので中年扱いをすると怒られてしまうから要注意だ。

昴が動けないときに、玲央のお迎えなど助けてくれている。

ご近所というだけで彼女たちとは特に親戚でもなんでもない。けれど今、昴と玲央がこうして暮らせているのも司波家のおかげだ。感謝してもしたりない。家族とは死に別れてしまった自分たちにとって、もう一つの家族だと思っている。

「もーにん！」

真奈美によるネイティブな英語の挨拶に、玲央も同じように英語で返した。発音がいいのは母親と真奈美譲(ゆず)りだ。

「昴も、Good Morning!　そこのお皿、母さんに渡してくれる？」

「了解」

前もって用意されていた食器を昌子に渡すと、「ありがとう」と受け取って手際よく焼いた鮭(さけ)が載せられていった。

用意されているのは五人分の食事。あと一人、まだ起きていない人がいる。

「Leo,Wake up Kento!」

「おーけー！」

真奈美にけしかけられた小さな怪獣が、鉄砲玉のごとくリビングを出て行った。

もうしばらくしたらねぼすけな幼なじみが起きてくるだろう。ほどなく二階から玲央の叫び声がここまで届いてきた。

「あれで起きなかったらすごいね」

真奈美が「ほんとに」と呆れた声を出した。二人で話している間もドタバタと玲央が健人を起こそうと奮闘している音が聞こえてくる。その様子で思い出したように真奈美が笑う。

「昔は怒鳴っても蹴っても起きなくて毎日大変だったわ。成長期で寝ても寝たりないって感じだったみたいよ」

「健人、大きいもんね。身長まだ伸びてるんじゃないの？」

「あれ以上大きくなられたら困るわよ。デカすぎて邪魔くさいんだから」

すると攻防が終わったのか、いつの間にかリビングの入口に立っていた健人が、「悪かったな邪魔くさくて」と会話に入ってきた。

玲央は健人の小脇に抱えられ、ジタバタと暴れながら大喜びだ。身長が百九十センチ近くある健人が、敷居に頭をぶつけないようにしながらリビングのドアをくぐる。日本家屋の規格では健人のサイズに合っていないため、よく敷居に額をぶつけては、たんこぶを作っている。

玲央を降ろすと、欠伸(あくび)をしながら寝間着替わりにしているTシャツの裾(すそ)に手を突っ込んだ。そして脇腹をボリボリとかき始めるその姿は、格好いいのにまるで中年のおっさんだ。

「昴〜、こいつ朝から元気過ぎるんだけど」

降ろされてもまだじゃれついている玲央をかまいながら、昴に訴えてくる。

「若さが違いすぎるからしかたがないよ」

諦(あきら)めて、と返せば健人は「どうせ俺はおっさんだよ」と前屈(まえかが)みになる。しつこく足にしがみついている玲央をくすぐると、甲高(かんだか)い笑い声が朝の明るいリビングに響いた。

寝癖の付いた金色の短い髪に日本人離れした青い目は、彼も玲央と同じくハーフである証拠だ。父親は横須賀に駐屯(ちゅうとん)していた米軍関係者だったらしい。真奈美は結婚せず、シングルマザーとして健人を産んだのだという。

兄、恒(こう)と同い年の親友でもあった彼は今年三十歳になる。昴は小さな頃からもう一人の兄のように慕っていて、その想いは今でも同じだ。

けれど昔と違う想いを抱いているのを、健人は知らない。

慕っていた想いが、いつしか恋に変わっていった。それは昴にとって初めての恋で、この気持ちを口にするつもりはなかった。

玲央のためにも、自分のためにも。

「ほら、玲央。早くご飯食べないとバス来ちゃうよ」

じゃれている二人に声をかけると、ぱっと健人から離れた玲央が言う。

「けんと、ごはんたべよ」

ご飯と聞いた途端の切り替えの早さに「敵わないな」と健人が笑う。

「分かった分かった。分かったからとりあえずトイレと洗面所に行かせてくれ」

寝起きを襲われ、そのままリビングまで連れてこられたのだ。朝の支度をさせてくれと健人が苦笑しながら玲央に懇願していると、昌子が助け船を出す。

「ほら、玲央ちゃんのお弁当よ」

「おべんと‼」

おかげで玲央から解放された健人が、その隙にリビングを出ていった。玲央はダイニングテーブルの椅子によじ登ると、置かれた弁当を覗き込む。

「タコさんがいる！」

定番のタコさんウインナーと、玲央の大好物の卵焼きにミートボール、食べやすいように俵型（たわらがた）のおにぎりが入っていて、昌子が玲央のことを考えて作ってくれているのが分かった。

「ばあば、いつもありがとう」

昴が玲央の分までお礼を告げれば、昌子は「どういたしまして」と目元の皺（しわ）をさらに深くした。

健人が高校を卒業して以来の弁当作りだから楽しいと、今ではノリノリでキャラ弁まで作ってくれることもある。真奈美のバイタリティは昌子譲りなのだろう。

支度を済ませた健人が「腹減った～」と言いながらリビングに戻ってきた。

「じゃあ食べようか」

食卓には弁当に入っていたのと同じふわふわの卵焼きと焼き鮭、サラダが並んでいた。味噌汁にご飯が揃い、定位置に座るとみんなで手を合わせる。

「いただきます」

そして、いつもの朝が始まった。

幼稚園バスに乗り込む玲央を見送ったあとは、自宅で家事をしてからバイトに向かう。昴は地元のショッピングモールに入っている大手雑貨チェーン店で働いている。開店時間が十時からなので、朝はちゃんと玲央を送り出せるのだが、帰りが遅くなりお迎えができないのが難点だ。

そんな昴に救いの手を差し出してくれるのは、やはり司波家だった。専業主婦の昌子は自宅にいることが多いし、カメラマンの健人は敷地内にスタジオを構えていて、長期ロケ以外は時間の融通(ゆうずう)がきくため、「うちを頼っていいから」と言ってくれる。そんな優しい人たちのおかげで、昴はどうにか心折れずに生活できていた。

二十歳の昴は、いずれ正社員で働きたいと思っているけれど、今はまだ難しい。玲央と一緒にいる時間を減らしたくないのだ。

できることを精一杯頑張る。玲央を守れるのはもう自分しかいないのだから。

そう自分に言い聞かせ、バイトに行くために家を出た。

日差しは暖かく、風は少し強くなってきていた。洗濯物がよく乾いてくれそうだな、と思いながら歩き始めると、すぐに後ろからクラクションが鳴った。

「昴、乗れよ。ちょうど買いだし頼まれてたから送ってくよ」

ＳＵＶに乗った健人がウインドーを開けて声をかけてきた。洗いざらしのＴシャツに腕には耐衝撃の腕時計とパワーストーンのブレスレットをしている。それだけで様になるのはハーフという要素抜きにしても、整った容姿をしているからだ。こうやって自然体で優しくできる人柄が雰囲気にも滲み出ていて、だから昴の思いが募ってしまうのだ。

見惚れて言葉を呑んだ昴に、健人は少し怪訝そうな顔をして「なんだよ」と問いかけてくる。

「な、なんでもない。運動不足だから、歩いていくよ」

誘いを断れば、健人が慌てて「ちょっと待て」と引き留めてきた。

「おんなじところ行くんだから乗っていけよ。ついでに今度の仕事の話もしたいから」

そう言われてしまったら断れなかった。助手席に乗り込むと、健人が苦笑いする。

「まったく、お前はどうしてそうやって遠慮するんだか……」

どうやら健人は昴が遠慮しているのだと思ったらしい。

（そういう訳じゃなかったんだけどね……）

ただ自分の感情を悟られたくなかっただけだったのに、健人は都合良く受け取ってくれる。なんとなく決まりが悪く、誤魔化すようにお礼を言った。

「ありがとう」

「どういたしまして」

肩をすくめた健人がアクセルを踏んで、車がゆっくりと走り出した。

緩やかな坂を下るとそこはもう横須賀の中心街で、突き当たればすぐに海が見える。米軍基地と海上自衛隊が向き合っている軍港のある場所だ。

窓を開ければ、心地よい春の風が頰を打つ。その気持ちよさに目を閉じていると、健人が話しかけてきた。

「来月の撮影日がある程度決まったから教えておこうと思ってさ。悪いけど何日か手伝い頼んでもいいか？」

そう言って渡されたメモ用紙にはスケジュールが書かれていた。

「うん、分かった。この日程で希望休出してくる」

「悪いな、助かる」

健人の仕事はフリーのカメラマンだ。今はファッション誌をメインに仕事をしている。昴が手伝っているのは自宅スタジオの記念撮影だけだったが、今度初めて外部の仕事にも帯同させてもらえることになっていた。

昴としては、仕事だとしても健人のそばにいられることがなにより嬉しかった。アルバイト代を出してくれるため、経済的にも助かるので一石二鳥だ。

「健人のお手伝いは楽しいから俺はありがたいよ」

本音半分、邪な気持ち半分でそういうと、健人は運転しながら口元を緩ませていた。

「そっか、ならよかった」

車が信号で止まると、不意に健人の大きな手が伸びてきた。

「髪、伸びたな」

長い指が結わいた髪を掬い、くるくると遊ばせる。指で毛先を摘まんでいる健人が目を細めた。毛先が首筋をかすめていく。

「くすぐったい」

「相変わらず柔らかくて気持ちいいな」

健人がそう言うからずっと切れずにいるのを、本人は分かっていない。

（絶対モテるよね……）

健人の容姿でそんなふうに言われたら、誰だって勘違いしてしまう。それに彼の恋愛対象が男性だというのも、知っていた。

健人のセクシャリティを知ったときが、恋心を自覚した瞬間だった。あの日のことは、今でも忘れられない。

★

昴が中学生のときだった。当時の健人は芸術関係の大学に通い、都内で一人暮らしをしていたが、女所帯を心配してか時々ではあったが実家に戻ってきていた。

その日、学校から帰宅した際、昴は司波家のガレージに健人の車を見つけた。久しぶりに会えると嬉しくなり、鞄を置いたら遊びに行こうと急いで家に向かった。

健人が一人暮らしをする前はいつでも会えた。でも、今はこういうチャンスを逃すとなかなか会えなくなってしまった。健人を慕っていた昴にとって、彼が居ないことが思っていたより寂しかったのだ。

(やった、健人に遊んでもらえる)

ご飯も一緒に食べられるかな、などと浮かれていた。健人なら、昴がお願いすればそうしてくれると信じていた。

鞄を置くために自室へ行くと、向かいの窓際に人影が見えた。

「あ、健人だ！」

手を振ろうと窓を開けかけて、その手が止まる。

「だれ……？」

健人の部屋にはもう一人、見知らぬ男がいたのだ。遠くからでも分かるほど容姿が整っていて、今までの健人の友達にはいないタイプだった。

何かを話しながら笑い合っている。その健人の笑顔が自分には向けられたことのないもので、昴の胸をざわつかせた。

（そんな顔、知らない……）

健人の全てを知っているつもりでいた。物心ついたときにはそばにいたし、もう一人の兄と言っても過言ではない。なのに自分の知らない健人がいるなんて。

健人は見知らぬ男の手を引き、体ごと引き寄せた。相手も健人の頬や髪を撫で、まるで映画のラブシーンのようで目が離せなくなった。どうして男同士なのにラブシーンに見えるのだろうか。その答えはすぐに分かった。

健人は男の腰に片腕を回したかと思うと、反対の手で後頭部を抱き寄せる。見つめ合った二人の唇が重なっていく。

「な、んで……」

　昴はとっさに窓から隠れるようにしゃがみ込んだ。息が詰まり、肺の奥まで痛むようだった。

　健人に恋人がいるなんて考えたこともなかった。しかも相手が男性だったことよりも、自分が健人の一番じゃなかったことがショックだった。

　嫌悪感など一つもなく、むしろ健人とキスができる男が羨(うらや)ましかった。

　そのとき、自覚させられた——これが恋なのだと。

　子供の独占欲だと思っていたものが、恋に変わった瞬間だった。このときからもうずっと、昴は健人に片想いをしている。

　信号の色が変わるのと同時に髪をいじる指が離れていき、昴もまた過去から引き戻された。

「そろそろ切ろうかな……」

　健人の指跡をたどるように、いじられていた髪を整える。

「そのままでいいよ。お前の髪、綺麗だから」

　本当に手に負えない、と心中でそうボヤいた昴は「乾かすの、面倒なんだよ？」と言い返すと、「俺は短いから楽だけど」と笑っていた。

　きっと、切ることはできないだろう。髪だけでもいい。少しでも自分を見てほしい。

　今は恋人がいる気配がない。けれど、せめて新しい恋人ができるまでは自分のそばにいてくれますように、と運転している横顔にそう願った。

2

昴がバイトを終えて家に帰ってきたのは、夜十時を過ぎてからだった。

「ただいま～」

玲央を迎えに来た昴は、疲れた声で司波家の玄関を開ける。

「おう、おかえり。連絡くれれば店まで迎えに行ったのに」

昴の声に気がついた健人が、リビングから顔を覗かせた。

この家はただいま、と言えば、おかえり、と返してくれる人がいる。それだけで昴の胸を温かくしてくれる。自分の家では言ってくれる人がいない。その事実がいまだに辛く、だからこうして迎えてくれることがありがたかった。

リビングに足を踏み入れると、そこに玲央の姿はない。

「玲央はもう寝ちゃった？」

「九時過ぎまでは昴が帰ってくるまで起きてる、って頑張ってたけどな」

お気に入りのぬいぐるみを抱えて、ソファで寝落ちてしまったらしい。

ずっと自分のことを待っていてくれたのかと思うと、胸が痛くなった。

表情を曇らせた昴を慰めようと、健人が大きく温かい手で頭をくしゃりと撫でてくる。

「大丈夫だよ、玲央はちゃんと分かってるから。昴が、自分のために頑張ってくれてるって」

健人の励ましの言葉に昴はうん、と頷いた。

（もっと子供らしくていいのに……俺がしっかりしてないから……）

玲央が甘えられるような存在にならなければ。両親が死んだときは、昴には兄がいて守ってくれた。兄が亡くなってしまい、自分が玲央を守る側になったら、大人になりきれていないことを痛感していた。みんなに迷惑をかけないですむように、もっとしっかりしないとと思うのに、うまくいかないことばかりだ。

頭の上に置かれたままになっていた健人の手が、もう一度撫でてくる。少し強めに髪を掻き回されて「痛いよ」と視線を向けると、青い瞳に情けない心を見透かされてしまいそうだった。

「ほら、飯を食ってまず体力をつけろ。全ては体力だ」

「でた、体育会系……」

「ばか、本当に何事も体力なんだよ。お前もあと十年したら俺の言ってることが分かるようになる。つい最近までできたことができなくなってくるんだよ。分かるか、この喪失感

「……」

　自分の手を見つめながら、がっくりと肩を落とす健人に、思わず笑ってしまった。

「俺がその気持ちを理解するころには、健人はもっとおじさんになってるってことだね」

　言い返すと「この野郎」と、チョークスリーパーをしかけてくる。

「痛い痛い、疲れてるのに～」

　他愛もないこんなやりとりが、昴にとっては幸せなひとときだ。

「ったく、可愛くないこと言いやがって」

「ほんとのことじゃん」

　現に二人の年齢差は十歳もあるのだ。昔はその年齢差ゆえに甘やかしてもらえたけれど、今は逆に歯がゆいときがある。大人と子供の狭間(はざま)に立っている昴にとって十歳という年の差は、近づきたいのに近づけない大きな壁になっていた。

「暴れてたら玲央が起きちまうな。ほら、座ってろ。飯温めてやるから」

　健人の腕が離れていくのが、少しだけ名残惜(なごりお)しい。

「うん、ありがとう」

　昴を元気づけるためにしてくれていると思うと嬉しい。彼の優しさに甘えていたい。けれど、この状態をずっと続けていけるとは思っていない。司波家の人たちに甘え続けて生きていくわけにはいかないのだ。

もう少し、せめて兄たちの一周忌が終わるまでは、このままでいさせてほしいと胸の奥で呟（つぶや）く。

ほどなく健人が温め直してくれた夕飯を運んできてくれた。

「ほら、ゆっくり食えよ」

「ありがと」

目の前に並べられたのは、生姜焼き（しょうがや）だ。生前の両親は共働きで忙しく、その頃から昴は司波家に預けられ、昌子（まさこ）に食事を作ってもらっていた。なので昴にとって昌子の味は母の味と同等のものだ。

箸を持ち両手を合わせると、やわらかい生姜焼きを口に運ぶ。

「美味（おい）しい」

口に入れると、よく効（き）いた生姜の味と塩気の中にほんのり甘さが感じられた。これはご飯が進んでしまうやつだ。黙々と食べていると向かいに座っている健人がクスリと笑う。

「だよな。俺もおかわりしたしな。玲央もうまいうまいってすげー食ってたわ。いつの間にあんなに食うようになったんだ？　ほんと子供の成長ははえーな」

話を聞いて、玲央もしっかりとご飯を食べたようでホッとした。そんな昴の前にサラダが差し出される。

「玲央も食べたんだから、お前も食えるだろ？」

「うっ……」

生野菜がちょっとだけ苦手でそれとなく避けているのを分かっていて、意地悪なことを言うのだ。

「バランス良く食べなさい」

お母さんのような口調で言われて、昴も「はーい」と良い子ぶった返事をする。目が合って思わず笑ってしまった。

夕飯を食べ終えたが、玲央が寝てしまったので今日はもう帰れない。疲れてぐだぐだしていると健人に「風呂入ってこい」と勧められ、「じゃあ、お言葉に甘えて」とバスルームへ向かった。

「広くて気持ちいい……」

足を伸ばしてもまだ余裕のある浴槽に身を委ねた昴は、このまま寝てしまいたいと目を閉じる。こんなに安堵できるのは健人たちのおかげで、玲央と自分がいかに守られているかを痛感する。

玲央は司波家に泊まりだといつも昌子と一緒に和室で眠る。「ばあばのおふとんきもちいーの」というので、安心できるのだろう。昴は二階にある客間を借りていた。最近では自宅で眠るより、ここに泊まることの方が多く、生活の基盤が司波家になってしまっている。

（このままじゃダメなのに……）

そんな不安がいつも昴の中にあった。こんなにもお世話になっていること自体、普通ならあり得ないことだと思う。でも司波家の人たちはむしろ「もっと頼りなさい」と言ってくれる。

今はまだ頼らざるを得ない状況だ。だからせめて食費くらい受け取ってほしいと、昴はバイトを頑張っている。そうでなければ際限なく甘えてしまいそうだった。真奈美(まなみ)たちも昴の気持ちを分かっていて、「昴がその方がいいなら」と受け取ってくれている。しっかりと線引きがあった方が、昴も甘えやすいのだ。

ともかく一緒にいすぎて、健人への気持ちを知られてしまうのが怖い。この穏やかな日々を守りたい。だから自分の想いは胸にずっと秘めていく。

昴はやり場のない気持ちに、バシャバシャと音を立てて何度も顔を湯水で叩いたのだった。

お風呂に入ってもなんとなく気持ちがすっきりしなかった。いくら考えても答えが見つからないからだ。悩みの原因でもあるけれど、癒(い)やしを与えてくれるのも健人なのだ。矛盾しているなと思いつつ彼の部屋をノックする。返事を待たずにドアを開けると、健人は足を投げ出した格好でローソファに座り、その正面にあるテレビ替わりのモニターを眺めていた。リラックスしている姿を見られるのは、こうして家族ぐるみで付き合っている昴の特権だ。

白地のフローリングと木目調の家具で揃えられた、落ち着いた雰囲気の部屋は、昴にとって居心地のいい場所だ。

「どした?」

立ち止まっていると、「入れよ」と促され部屋に足を踏み入れる。モヤモヤしている気持ちを悟られたくなくて、昴は誤魔化すように質問を投げかけた。

「真奈美さんは?」

今夜はまだ姿を見ない真奈美のことを聞くと、少しオーバーに肩を竦める。そんな仕草を見るとアメリカの血が流れているんだなと思う。

「今日は宅建協会の会合で遅くなるんだと」

上半身を起こしズズッとコーヒーを啜るけれど、視線はモニターを向いたままだった。そんな真剣になにを見ているのか気になって、昴もドアの横にある画面を覗き込んだ。

「あれ、珍しいね、普段は全くそんなの観ないのにどうしたの?」

画面には日本のドラマが流れていた。健人は日本のテレビ番組には興味がないらしく、大型モニターにネットを繋いでいる。観るとしたらネット動画や、動画配信サイトの海外ドラマが多い。昴は洗いざらしの長い髪の水気を拭きながら、健人の隣に割り込むように腰を下ろす。

「んー、今度この女優さんの写真撮るから一応リサーチ」

「ふーん……」

仕事の準備に余念のない健人らしいけれど、やっぱり面白くなくて素っ気ない声が出る。

「おや？　なんか妬いてます？　昴くん」

茶化したような声に、一瞬ドキリとしてしまったけれど、「なんで妬かないといけないんだよ」と誤魔化した。

「なんだよー、ちょっとはのってこいよ」

「俺バイトで疲れてるから、無理です」

すげなく返せば、冷てーな、と言いながらもその声は笑っている。

「貸せよ」

髪を拭いていたタオルを奪うと、深く座り直した健人が自分の長い足の間を、ポンポンと叩く。

「疲れてんだろ？」

こっちに座れと指差され、昴は大人しく従ってローソファの前に移動した。

ガシガシと、髪を拭いてくれる健人に身を委ねると、気持ちよさに目を閉じた。こんな時間が昴にとって大切で幸せなものだ。だからといって健人は昴と同じ気持ちではないのも分かっている。それでもいい。昴が幸せだと感じられていることが大切なのだ。この優しい姿は自分にだけ見せてくれているのだと、そう考えると嬉しくて胸がギュッと締め付けられた。

「なんでいつもびちょびちょのままなんだよ。風邪引くだろ」

「そのうち乾くじゃん」

そう言いながらも昴の口元は緩んでいた。かまってくれると分かっているから、つい部屋に居座ってしまう。かまわれたがりにかまいたがり。だから居心地がいいのだろう。さっきとは違う自嘲の笑みが漏れた。

「玲央には同じことというくせに、自分はやらないのかよ」

「俺はいいの」

言い返すと健人がなんだそりゃ、と笑う。髪を拭き終わると、いつものように健人が後ろから抱きついてきた。顎を頭の上に乗せてくる。この姿勢が健人のお気に入りだった。

「ほんと、ちょうどいい高さなんだよな。俺にぴったり」

スキンシップの激しさは昔からで、近くにいればいつもどこかを触ってくる。人の温もりが恋しいのは、寂しさの裏返しなのではないだろうか。父親のいない寂しさを埋め合わせているんじゃないか。昴も同じだ。誰かの温もりにホッとできるのは、大切な人たちを失ってしまった寂しさからくるものなのかもしれない。

　不意に健人の声が耳をくすぐった。

「顎のラインが、恒に似てきたな」

　昴の少し長い髪を掬いながら言う言葉には、どこか哀愁が滲んでいる。それが少しだけ昴を傷つけた。

　健人と兄、恒は同い年の幼なじみで親友だった。兄が亡くなったとき、健人も昴と同じくらい悲しみと喪失感を味わったはずだった。仲が良くて、どこに行くのも一緒。そんな二人のあとを追いかけていたのが昴だった。

　こっちを見て、といつも願っていた。今にして思えば、恒より健人に振り返ってほしかった時点で、恋心は芽生えていたのかもしれない。

　健人の言葉に昴は苦笑する。

「兄弟だからね。兄さんに似てるところがあって俺は嬉しいよ……」

　恒にはもう会えないからこそ、時々自分の中に見つける兄の面影に泣きたくなることもある。今は玲央の存在と自分に残る面影だけが、兄や両親が生きた証だ。

「ここなんかそっくりだ」

　健人の指が落ちている髪を指で掬う。耳の形、目尻の下がり方、と似ている場所を上げていく。

振り返れば、すぐそばに健人の青い瞳があった。頬が当たりそうなくらい近くて、心臓がどくりと高鳴った。

その顔は、ずるい。

つい、手を伸ばしてしまいそうになった。

切ない表情で自分を見る健人を、見たくない。昴を通して誰を見ているのか。兄を忘れないでほしいと思うのと同時に、自分と比べないでほしいと願ってしまう。特に今みたいなことを言われるとなおさらだった。

コツリと昴の肩に額を当ててきたかと思うと、顔を埋めてしまったから健人の表情は見えなかった。

「兄さん、玲央のこと心配して、まだこの辺にいるのかな?」

「たぶん、あいつのことだからケロッと天国にいっちまってるだろうな」

兄は昴とは違い、思い切りがいい性格をしていたから、それもあり得るなと笑ってしまった。

「確かに。さすが健人、よく兄さんのことを分かってるね」

「だろ? 伊達に長く一緒にいねぇよ」

健人の吐息を感じながら、見えない空を仰ぐ。

「義姉さんも一緒にいてくれるといいな」

「そりゃそうだろ」

愛する妻キティと一緒に天国にいてくれたらいい。額を肩にグリグリと押しつけてくる健人の髪を、そっと撫でてみる。金色に近い髪は柔らかい。このままずっとそばにいられたらいいのに、とそう願わずにはいられなかった。

見ていたドラマに区切りがついたところで、健人が「風呂入ってくるわ」と部屋を出て行った。昴は気になってそのまま続きを見始めた。

少し硬めのローソファに体を預けると、ふう、と息を吐き出す。

風呂に入っていたときに感じていた不安と重怠(おもだる)さが、健人のおかげでなくなっていた。

(不思議だな……)

いつもそうだ。気持ちが沈んだあとは健人にかまってもらえると、気持ちも体も軽くなる。だからつい甘えてしまう。

ドラマの続きをなにげなく眺めていると、モニターを置いているスチール棚に違和感を覚えた。

モニターの下にあるガラス戸付きの棚は、健人の商売道具を保管するドライケースが設置してある。カメラは湿度が天敵だ。レンズにカビが生(は)えてしまったりするのを防ぐために、ドライケースを使う。ガラス張りの扉の向こうに並ぶカメラの中に、見慣れぬものを見つけた。

（あんな古いカメラ、持ってたっけ……買ったのかな？）

鈍く光り、存在感を放(はな)つそのカメラを初めて見た。古いものなのに、他のカメラと変わらない。むしろそれ以上に手入れがされていて、ずいぶん大切に扱われているものなんだなと思った。

レトロなフォルムに惹(ひ)かれて棚に近づき、ガラス扉を開けようとしたとき、健人が風呂から戻ってきた。

「こら、いたずらっこ。なにやってんだ？」

棚に近づいている昴を見た健人の表情が、少し硬くなったような気がした。それを誤魔化すように、髪をガシガシと乱暴に拭きながらこちらに向かってくる。なにを触ろうとしたのか、察したようだ。

「これは、ダメ」

「ケチ」

気になっていた古いカメラを見る前に、止められてしまった。少し拗(す)ねた声を出すと、宥(なだ)めるように頭を撫でられる。

「こんなカメラ、健人持ってたっけ？」

見たことなかった、と言うと「まあな」と曖昧な答えが返ってくる。

「じいさんの形見なんだけど、俺が持ってた方がちゃんと管理できるだろうからって、ばあちゃんから渡されたんだよ。今までスタジオで管理してたんだけど、こっちに移したんだ」

「そうだったのか」

どうりで見たことのないカメラだと思った。黒いボディはざらついた加工が施され、鈍く光っている。吸い寄せられるように昴はそのカメラをじっと見つめた。

「これなんてシリーズ？」

日本で有名なカメラメーカーの名前が入っているそれは、元は潜水艦で使用されるレンズを作っていたのが始まりだと聞いたことがあった。カメラは本体の性能もさることながら、レンズがものをいう。だからレンズの評判がいいものを好んで使う愛好家も多いらしい。

「これはニコンのFシリーズだな。じいさまたちの時代に一躍有名になった名機なんだよ」

手にしたカメラを掲げて、健人は色々と説明してくれた。このカメラの登場により、一眼レフというカメラの形が確立されたのだという。

どんどんとテンションが上がっていく健人を見ていると、本当にカメラが好きなんだなと分かる。

「健人のカメラ好きは、おじいさん譲り？」

「どうかな～？　会ったことないじいさんの形見だからこそ、こいつは特別かな」

健人の祖父は彼が生まれる前に亡くなったと聞いている。この辺りの地主だったらしく、それを元に不動産業を営んでいたのだという。

健人は持っていたカメラのファインダーを覗く。

「おっと、やべ……」

と小さく呟いて健人はカメラを下ろすと、こわばった表情をしていた。古いモノだしなにか不具合でもあったのだろうか。

そんなものを勝手に触ろうとしてしまって、申し訳ない気持ちになった。

「大切な宝物なんだね」

「だな」

愛おしそうにカメラを撫でる指先に、胸が軋むのを感じた。

（いいな、健人から大切にされて……）

健人が昴のことを大切に思ってくれているのは確かだ。けれどこんなに近いのに、どこか遠く感じてしまう。それは健人が変わらず自分を弟のように思ってくれているのに、受け取る昴の気持ちが変化してしまったせいだろう。

健人が持っていたカメラを、またドライケースに戻した。

「これは、触るなよ？」

もう一度釘を刺されて、昴は「壊さないのに」とぼやいた。けれど、健人はそれ以上なにも言わなかった。

そしてソファに腰掛けるとカメラの話はおしまい、と言わんばかりに隣を叩かれた。

それに従って座れば、ふと触れた昴より少し高い体温が心地よかった。風呂に入ったばかりなのもあるだろう。その温もりに眠気を誘われ目を閉じると、肩を抱き寄りかからせてくれる。

「そのまま寝るなよ？」

笑いながら聞こえてくる健人の声が鼓膜を揺らし、安堵を与えてくる。昴は猫のように彼の腕の中で丸くなった。

「寝ないよ……気持ちが、いいだ、け……」

安心感と共に襲ってきた睡魔に、まぶたが重たくなっていく。

「ったく、また俺のベッドを占領する気だな」

文句を言いながらも頭を撫でる健人の手は、存外に優しい。

温かく昴を包み込むこの腕が、今だけは自分のものだと、そう思いたかった。

3

「すばる、けんとおきて！」

いっしょにねんねずるい！　とベッドに飛び込んできた玲央（れお）に起こされた。不意に乗っかられて息が詰まる。

「っ……く、苦しい……玲央……」

ちょっと前まではこれほど苦しくなかったのに。だんだんと重たくなっていく甥っ子に、日々成長しているんだなと実感する。

「おそと、きもいいからあそびいこ！」

「うーん、玲央もうちょい待て……」

「まだ昴（すばる）は眠いです」

もう一度目を閉じれば、玲央は標的を健人（けんと）に変え、さらに大きな声を上げた。

「けんと――‼」

四歳児は朝から怪獣のようだった。これは起きるまで続くやつだ。隣でこれだけ騒がれたらもう眠ることはできないと、二度寝を諦めた。時計を見れば七時半を回っていた。いつもよりは長く眠れたなと、体を起こす。

「お、もてぇ……玲央、人で、あそ、ぶな」

健人の上で玲央が跳ねている。まだ眠いのか健人は抵抗せずそれを受け入れている。昴は甥っ子を捕まえて一緒に健人へのしかかった。

「重い……」

「けんと、おきて。ごはんたべよ」

「俺もお腹空いた」

「分かった分かった起きる。つか、お前ら、重い……」

いい加減どいてくれ、と健人のうめき声が聞こえ、昴は玲央と目を合わせ笑う。起こすことに成功した玲央は大満足のようだ。

結局、昨日はあのまま眠ってしまい、また健人のベッドにお世話になってしまった。彼のベッドはキングサイズなので、二人寝ても余裕がある。

健人のそばは、守られているように感じるから安眠できる。一緒に眠る。ただそれだけだ。でも健人が昴のことを弟のようにしか思っていないのが分かってしまうから、少しだけ胸が痛む。

けれど、それでいい。今の生活を続けていくために、これ以上のことは望まない。

なかなか下りてこない子供たちに、一階から真奈美(まなみ)の一喝(いっかつ)が聞こえてきた。

「早く起きてきなさい！」

二階にいても十分聞こえてくる威厳のある声に、怒られていないはずの玲央まで背筋を伸ばし、「はーい」とか「今行きます」など返事をして、三人はごろごろしていたベッドから飛び降りた。


休日の朝食をみんなでゆっくりと摂(と)ったあとのことだった。

コーヒーを飲みながら、今日は天気がいいから玲央を海の近くの公園にでも連れていこうと健人と相談していると、昌子が回覧板を見せてきた。

「あのね、これが回ってきたのよ」

そこには、子供を狙って声をかけてくる不審者が目撃されているので注意するようにというお知らせが書かれていた。

「あ、そうだ。昨日幼稚園からも同じような注意メールが来てたんだ」

思い出して携帯を確認する。昴がバイトから帰ってきた時には、すでに昌子(まさこ)は玲央と眠ってしまっていたので、まだ伝えられていなかった。

昴の言葉に昌子が心配そうに言う。

「そう、幼稚園からも連絡来てたのね。子供を狙うって書いてあったから、玲央ちゃんのことが心配で心配で」

お外で遊ばせない方がいいかしら、と不安げに首を傾げる。

昌子の心配も当然だ。身内ならまだしも、他人の子供を預かってくれているのだ。敏感になるのも仕方ない。

「俺もなるべく目を配っておくよ。用心に越したことはないしな」

健人にそう言ってもらえると心強かった。

「私も取引してる大家さんからそんな話をチラッと聞いたから気になってたのよね。幼稚園からも連絡来てるなら、しばらく気をつけておいた方がよさそうね」

真奈美も別ルートから話を聞いていたらしく、これはしっかりと対策した方がいいだろう。

「ようちえんってレオのこと?」

リビングの一角でブロック遊びをしていた玲央が、みんなのいるダイニングテーブルに寄ってくる。

一番座り心地のいい健人の膝によじ登ると、なになに、と話の続きを促してくる。

これはちゃんと言い聞かせておくべきことだと、昴は玲央に向き直る。そしてまっすぐに玲央の目を見つめた。

「玲央、よく聞いてね」

真剣な表情の昴に、真面目な話だというのを子供ながらも感じたのだろう。玲央の背筋がピシっと伸びた。

「もし俺たちがいないときに知らない人に声をかけられても、絶対について行っちゃダメだよ。俺とかばあばのいないところで絶対遊んじゃダメ。分かった？」

玲央なりに理解しようとしているのだろう。少し間を置いてから答えた。

「こーくんのおうちにも、いっちゃだめ？」

こーくんは玲央と同じ幼稚園に通う子だ。同じ通りに住んでいるため、こーくんのところはいつも一人で遊びに行っている。

「こーくんのおうちに行くときも、一人で行っちゃダメ。近くても悪い人がいるかもしれないからね」

改めて言い聞かせると玲央は「はーい」と大きく頷（うなず）いた。ちゃんと分かっているかどうかは、微妙なところだ。けれど、とにかくどこかに行くときは必ず誰かに声をかけなさいと、キツく言い含めた。もし玲央に何かあったらと、想像するだけで怖気（おぞけ）が走る。

健人の膝にいる玲央を自分の方へ抱き上げて頰（ほお）をすり寄せると、昴の気持ちを察したのか玲央も力を込めてきた。

「そういうあんたも気をつけなさいよ、昴」

急に矛先がこちらに向いて、「俺?」と思わずまぬけな声が出てしまった。

「俺は大丈夫だよ、男だし」

「なに言ってんの、あんただって仕事の帰りとか、裏道は危ないんだから」

真奈美に注意され、「はーい」と返事をすると「玲央とそっくり」と笑われた。

「昔はもっと治安は悪かったんだよ」

と真奈美と昌子の昔話が始まった。

「昴のバイトしてるショッピングモールの近辺は、私の若い頃は一人で歩いちゃダメだって言われたくらいだからね」

今は横須賀駅から伸びる歩道やバラ園など、ショッピングモールの周辺は整備され綺麗になり、賑わうようになった。昔はホームレスのたまり場があり、レイプ事件なども多かったため、昼間でも怖くて歩けなかったと真奈美は言う。

「今はもうそんなにひどくないけどね……けど、昴は可愛い顔してるんだから、男でも気をつけること！　玲央も知らない人についていっちゃだめ！」

Did you understand?　と英語で言われ、昴と玲央が「わかりました」と神妙に答えると、健人が腰を上げた。

「じゃあ、うみかぜ公園行くか」

「いくー！」

その言葉に大喜びした玲央が昴の腕から飛び降りると、玄関へ走り出した。

「ちょっと待って！　玲央！　まだ準備してないから。ほら、トイレも先に行かないと！」

と言っても、もう心はうみかぜ公園だ。「はやくいこ！」と急かされ、準備ができるまで待たせるのが大変だった。

午前中がっつりと外で遊ばせたにもかかわらず、午後も遊び足りないと騒いだため、庭に滑り台を出して遊ばせた。結局一番疲れ切ってしまったのは昴だった。

それでも玲央と過ごす休日は、昴にとって幸せを感じられるひとときだった。

4

撮影日の朝は早い。日も昇らぬうちに家を出ると、まずはもう一人のアシスタントを迎えに行く。

榛名緑。同じ市内に住む健人のメインアシスタントだ。昴はアシスタントというより、雑用係といった方がいいだろう。昴が手伝いをするようになった時点で、すでに緑はアシスタントとして働いていた。高校の同級生だという緑とは、気の置けないやりとりから、健人が心を許しているのが分かった。

家から十分ほど走った交差点に緑は立っていた。夜明け前の薄暗い中に立つその姿は美しく、この世のものではないように見える。背中まで届く長い髪と中性的な美貌は、それだけで異国に紛れ込んだかのように錯覚させた。

健人が車を停めると、後部座席に乗り込んできた。

「おはよ、毎度早くて悪いな緑」

「このくらいの早さ、なんてことないよ」

緑は無表情で答える。そんな態度を健人は気にしていない様子だった。

「おはようございます、今日は初めてのロケなのでよろしくお願いします」

「おはよう昴くん。うん、了解。俺は寝るから現場着いたら起こしてください」

それは話しかけるなという合図だ。昴もそれなりに緑のことは分かってきていた。

「分かりました」

昴の返事よりも先に、すでに彼は目を瞑っていた。

「ったく相変わらずのマイペースだな。ほっとけ昴」

シートに身を沈めた途端、寝息が聞こえてくる。

「もう寝ちゃってる」

「昔からこいつどこでも寝れるんだよ。特技かよ」

当たり前のような健人のつっこみに、もはや苦笑するしかない。遠慮の無い物言いは健人にしては珍しい。

昴からしてみれば、緑という人はあまり感情を出さないため、なにを考えているのかよく分からない。けれど行動は的確だし、昴にもちゃんと指示をくれるから、仕事はできる人だ。なにより健人とは言葉がなくても通じあっていて、深い信頼関係が羨ましい。もし健人が新たな恋をするなら、緑みたいな人かもしれないと。そんな風に考えて胸が苦しくなった。

早朝ということもあり高速道路の渋滞もなく、一時間ほどで都内の現場に辿り着いた。

今日の撮影場所は、芝生の広場があり、花壇には色とりどりの花が咲いている公園だ。

華やかさを出したいという編集部が選んだ場所だった。

花壇は美しいグラデーションになっていて、目を奪われる。

撮影はインタビュー用のグラビアと、ファッションのスナップの予定だ。健人がどんな写真を撮るのか、初めてのロケは楽しみだった。

日が昇り始め、先に到着していた雑誌編集部のスタッフたちが動き始めていた。

「おはようございます」

健人の到着に、顔なじみらしき編集者が近寄ってくると、さっそく打ち合わせが始まった。

編集者とやりとりしている健人に気を取られていると、緑に声をかけられる。

「荷物降ろすよ」

「はい」

健人が最終確認をしている間に、昴と緑は機材を運ぶ。一度に運びきれないので、駐車場と公園を何往復もした。その間にもロケバスでスタイリストや編集部のスタッフによって、モデルたちの準備が進んでいく。

しばらくすると全ての準備が調い、撮影が始まった。

昴はとにかくせわしなく動き回っていた。健人にあれ取ってきて、それ持ってきてと指示されたものを運ぶ以外にも、編集部の雑用も率先して引き受けた。

できるだけ役に立ちたいと思うのは、多少なりとも緑への対抗意識があった。

緑は健人のアシスタントとして現場に立っている。交換するカメラの準備や、時にはパソコンでのチェックを任されていた。対して自分は、荷物の運搬やレフ板を持つくらいしかさせてもらえていない。初めてだから仕方がないとはいえ、内心では焦りを止められなかった。

(俺も、健人の役に立ちたい……)

一人前の大人として認められたいと思う反面、そうなれば健人に手助けしてもらえなくなる。だったらもう少しこのままでいたいと、矛盾したことを思ってしまう。

離れた場所で健人と緑が、真剣な表情で話し込んでいた。そこに昴が入り込める雰囲気はなかった。

そんな二人を見て、胸が締め付けられるような苦しさに襲われていく。

この恋心は隠し通そうと決めているのに、緑の場所を奪いたい。子供の頃から健人の隣は自分の場所だった。居場所を取られたくないという独占欲に支配され、自分の感情をコントロールできず、心が揺らいでしまうのが嫌だった。晴れ晴れとしている天気とは裏腹に、昴の気持ちはどんよりと曇っていく。

パソコンの前で相談していた健人と緑、それに編集者の結論が出たようだ。みんながまた一斉に動き出し、慌ただしくなる。

「昴、レフもう一枚持ってきてくれ」

「はい」

頼まれたレフ板を持って行くと、緑に「こっちに」と指示された。手渡した途端、怪訝な表情で見つめられて、不安になった。

(なにか、失敗した……?)

しかし緑は昴がなにか言う前に、ふいっと背を向け行ってしまう。

「なんなんだろ……」

やっぱり緑は苦手だと、見えないところで小さく溜息を吐いた。


今回はショットが多く、場所を変えて撮影が続いた。気がつけば日は高く、昼が近づいていた。

アシスタントは体力勝負と言われるけれど、それは事実だ。機材は重たいし、待ち時間の長さも体力を消耗する一つの原因だった。じっとしているだけとはいえ、いつ撮影が再開するか分からない緊張感の中での待機は疲れるのだ。さらにこれが夏なら、炎天下で熱中症まっしぐらである。

ただ指示を待っているのが嫌で、昴は自分から何かできることはないかと動き始めた。

使い終わった機材の整理をしていると、健人のカメラ用のバッグの蓋が開いたままになっていた。黒い大きなキャリーバッグの中身は見えないので、カメラが何台入っているのかは昴は聞かされていない。

たまたま見えたそこには、なぜかおじいさんの形見の古いカメラが入っていた。

（何に使うのかな……？）

デジカメの中に紛れ、ひときわ存在感を放っているレトロなカメラに、思わず手を伸ばし指先が触れた時だった。

「触るな！」

遠くから強い口調で健人に制され、驚きのあまり声が出せなかった。こんなに声を荒らげる彼を初めて見た。

（怒らせた……）

青ざめていく昴に気づき、慌てて「悪い」と謝ってくるが、昴は首を横に振った。悪いのは勝手にいじろうとした自分の方だ。

「ごめんなさい……」

「これは触るなって、この前も言っただろ？」

健人はもういつもの態度に戻っていて、ぽんと軽く頭を撫でられる。けれどやはりショックを隠しきれなかった。約束を破ったせいで嫌われたらと、不安が広がって言葉がうまく出てこない。

「昴、ロケバスの片付け手伝っててくれ。緑、これ頼むわ」

例の古いカメラを取り出して緑に渡した。そんな行動がさらに昴を落ち込ませる。

（どうして、緑さんには触らせるのに、俺はダメなの？）

自分にはあんなに声を荒らげたのに。言い表せない悲しさと悔しさがこみあげてくる。

振り向くと、健人は撮影を開始していた。緑は健人から渡されたカメラをまだ手にしていた。自分に触れさせてもくれないのは、緑ほど信頼されていないからだろう。泣きたい気持ちを堪えるのが、精一杯だった。


撮影も無事に終わり、昴は機材の片付けに追われていた。

健人と緑が編集部のスタッフと今後のスケジュールの確認をしているのを、少し離れた機材がまとめられている場所から見ていた。

一人黙々と後片付けをしている間も、さっきのことが頭から離れない。

あんなに声を荒らげられたのは初めてだ。それだけ大切なカメラだとも分かった。それでも、だ。

(俺は、そんなに健人に信用されてないのかな……)

そう思うと、気持ちが塞いでしまう。

他の機材を触って怒られたことはないし、むしろもっと覚えろと言われているくらいなのに、どうしてあのカメラだけ触ることすら許されないのだろうか。

車の荷台に機材を積み込みながらそんなことばかりを考えていると、緑が積み込んだ荷物の中に、さっきのカメラを見つけてしまった。

「……緑さんには触らせるくせに……」

意図的にカメラへ手を伸ばす。緑への子供じみた対抗心を止められない。

鈍く光るそれを撫でた。こんなところを健人に見つかったら、さっきより怒られてしまうだろう。だからそっと触れるだけだ。

しっとりした感触は、デジタルカメラより冷たい。そのせいか、体全体に寒気に似たものが走る。

(なんだ……?)

視線を感じて振り返ったけれど、健人たちはまだ編集部のスタッフたちと話していて、こちらには気づいていないようだった。そのことにホッとして、昴はまた片付けを再開した。しかし、荷物を持ち上げた途端、くらりと体が傾いだ。

「うわっ……なんだ」

視界がぐらぐら揺れ、思わずその場にしゃがみ込んだ。

「熱中症かな……」

水分補給をしっかりしているつもりだったが重労働だったため、かなり汗をかいていた。もしかしたら脱水症状を起こしていたのかもしれない。

「大丈夫か？」

気がつくと、すぐそばに来ていた健人が、心配そうにこちらを見ていた。

「あ……うん。なんかちょっとめまい起こしたみたい……」

「後片付けはもういいから、お前は座ってろ」

「けど、俺の仕事だし」

「体調管理も仕事のうちだ」

正論を言われてしまい、ぐうの音も出ない。でも健人は「今日は頑張ってたからな」と言って頭を撫でてくれた。ちゃんと見てくれていたのが嬉しくて、自然と口元が緩んでいく。

「あと少しだから、やっぱり最後まで頑張る」

今ので少し元気が出たと、フラフラする体にむち打って昴は立ち上がる。

「無理すんな」

と、額を小突かれたかと思うと不意に体が浮いた。抱き上げられて、車に乗せられてしまった。いつもなら褒められて嬉しいはずが、気力が湧いてこない。

シートに体を預けると、体が鉛のように重たくなっていく。思っていたより疲れていたみたいだ。

（なんだろ……）

胸の奥に暗いモヤが広がって、体の怠さはひどくなる一方だった。

5

今日も昴(すばる)は、いつものように玲央(れお)を幼稚園バスの停留所まで送り届けていた。幼い昴もこの道を母と手を繋(つな)いで歩いた。玲央もいつか思い出すだろうか。義姉とではなく昴との記憶だけれど、悲しいものでなければいいと、小さな手を握りしめる。

「すばるはきょうもおしごと?」

キュッと手を握り返され、感傷から引き戻された。目線を落とすと、無垢(むく)な瞳がこちらを見上げている。自分とは違う色だけど兄の面影を残していて、思い出と共に悲しみも蘇ってくる。

「ごめんね、今日は遅い日なんだ。お迎えはばあばがしてくれるからね」

玲央が唇を噛(か)んだのが分かって、申し訳なさがこみ上げてくる。

「なるべく早く帰ってくるから、ね?」

ばあばがおやつ作ってくれるって言ってたよ、と話をそらすと、玲央はパアッと表情を明るくした。

い。

「ばあばのドーナチュ、おいしいんだよ！」

寂しそうにしていたかと思えば、すぐに食べ物でつられてくれる子供らしさがありがた

「うん。ばあばのドーナッツは俺も大好物だから残しといてね？」

そうお願いすると嬉しかったのか、「うん」と目を輝かせて頷いた。

「レオね、おやつたべたらこーくんのおうちにあそびにいっていい？」

「ちゃんとばあばか健人にこーくんのおうちまで送ってもらうんだよ？」

一人で行かないように念を押すと、玲央は元気よく「はい！」と手を上げた。

玲央の無邪気な笑顔に癒やされる。この無邪気さを失わずにすむようにしたい。それには人一倍気を配らなければいけない。とはいえ、ずっとそばにいられないのが不安でもあった。

「すばる～、おてていたいよ？」

その言葉にハッとして、慌てて手を緩めた。思わず力が入ってしまったらしい。

「ごめんごめん、痛かった？」

「だいじょうぶ、レオつよいから！　すばる、どっかいたかったの？」

つぶらな瞳でこちらを見上げてくるレオに、心配かけてしまったとさらに情けなくなった。

「大丈夫だよ、玲央は優しいね」

昴の言葉に玲央が嬉しそうに笑う。その柔らかい髪を、いつも健人（けんと）がしてくれるようにくしゃりと撫（な）でた。


夕方を過ぎると帰宅帰りの客で店内は徐々（じょじょ）に慌ただしくなっていく。昴もあちらこちらから声がかかり、休む間もなく動いていた。

『昴くん、おうちから電話入ってますよ』

店内連絡用のインカムでそう呼び出され、ドキリ、と心臓が鳴った。

店に直接連絡があるのは、緊急性が高いときだ。嫌な予感がする。

「もしもし?」

『昴ちゃん? 私、昌子（まさこ）よ。あのね、玲央ちゃんが、帰ってこないの。こーくんのおうちにお迎えに行ったら、もう帰ったっていうの。しかもこーくんのママもちゃんと、うちの門に入るまで見守っててくれたらしいのに、昴ちゃんたちのお家にもいないし……私がついていながら、ごめんなさい』

動揺（どうよう）している昌子は涙声でそこまで一気に話すと、どうしましょう、と今度こそ泣き始めてしまった。

「え、どういうこと……？」

　昴もまた、動揺しすぎて状況がよく把握できなかった。とにかく、玲央が帰ってきていない。それだけは分かった。自分が取り乱したら、昌子が余計に責任を感じてしまう。大きく一つ息を吐いて気持ちを落ち着かせようとするけれど、うまくいかない。

「ばあば、俺今から帰るから待ってて。もうすぐ暗くなっちゃうからその前に見つけよう。健人はいる？」

『今、買い物行ってくれてるの』

「じゃあ、俺から連絡する。あと真奈美さんにもしておくよ。ばあばは玲央が帰ってくるかもしれないから家にいてくれる？」

　昌子にそうお願いして電話を切った。

「早く捜さないと」

　気だけが焦ってしまい、なにをすればいいのか、よく分からない。とにかく健人に連絡を入れる。携帯を持つ手が言い表せない恐怖で震えていた。数回のコールで健人が出た。

『どした？　仕事中だろ？』

「玲央が、まだ帰ってこないって、ばあばから……」

『なんだって？』

　ちゃんと説明しようとしてもうまく言葉が出てこない。けれど、少ない言葉から健人は状況を理解してくれたようだ。

『分かった。すぐ帰って捜しに行く』

「健人、玲央に、なにかあったらどうしよ……」

例の不審者に連れ去られていたら？　最悪の事態が頭をよぎり、手の震えがひどくなっていく。

『大丈夫だ。玲央は、きっと大丈夫だ』

気休めでも、その言葉は心強かった。

真奈美には健人から連絡をしてくれるというのでお願いした。店長に事情を話すと「ここはいいから早く帰れ」と言ってくれたので、着替えもせずに店を飛び出す。

（なにがあったんだよ……玲央、どこにいるの？）

幼稚園の先生にも連絡を入れたし、仲良くしてもらっている保護者にも、玲央が行っていないか聞いてみたけれど、どれも空振り（からぶり）だった。

玲央の姿を捜しながら自宅までの道を走った。昴たちの住んでいる地域は、車では入れない昔ながらの細い道がたくさんある。だからとにかく足を使った。

途中、自宅に戻ってきた健人から連絡が入った。

『緑（みどり）と手分けして公園とか、近所を回ってるがまだ見つからん。これ以上見つからないなら警察に連絡した方がいい』

あいつどこに行ったんだ、と健人の声も焦っているのが分かった。

「俺、帰る途中の脇道とか、色々捜しながらそっちに向かう」

辺りはもう暗くなり始めている。より強い焦りが昴を襲った。

「見つからなかったら、どうしよ……健人」

震えてしまい情けない声が出た。変質者に襲われていたら？　もし事故にあって兄たちのところにいってしまったら？　悪い想像に体が動かなくなっていく。自分の心臓の音だけが耳に響いていた。

『……ばる、昴！』

携帯の向こうから大声で呼ばれた。

『大丈夫か？』

健人の声に、今は自分がパニックを起こしている場合ではないと、大きく深呼吸をする。

「うん、大丈夫。健人、ありがとう」

我に返ってもう一度深く息を吸い込んだ。そして「またあとで連絡する」と通話を切って足を動かした。

大きな通りを外(はず)れると、車がすれ違うのも大変な細い道ばかりが続く。さらにその脇道は尾根に続く路地になり、人しか通れない。迷路みたいな昔の道が残っているのは、戦争時に横須賀(よこすか)の立地を利用し、基地を作るべく爆撃しなかったためと言い伝えられている。

実際は局地的に空襲が行われたらしいが、昔ながらの道が残っているのは確かだ。昴はそんな狭い路地を玲央を捜して走る。

車が通れる裏道は事故が多い。だから玲央と歩くときもこんな路地を通ることが多かった。

（こっちにもいない……）

入り組んでいる道は、昴も子供の頃は覚えられなかった。迷い込んで別の町内へ出てしまったら、玲央は帰ってこられないだろう。

息が上がる。アップダウンの多さに、若い昴でも体力が削られる。それでも玲央が見つかるまでは、足を止めるわけにはいかない。

手に持っている携帯が鳴った。画面を見れば健人からで、もしかしたら見つかったのかもしれないという期待が頭をよぎる。

「もしもし！　健人？」

『いたか？』

その期待は裏切られた。まだ健人たちも見つけられていないようだ。

「いない。尾根超えて別の方まできてるんだけどいない。そっちは？」

どんどんと暗くなってくる。見つけられない焦りもあるが、心のどこかで大丈夫だと信じたい気持ちもあった。

『まだ見つかってない。一度家に戻ってこい。捜す場所をもう一回検討しよう』

「けど……」

歩きながら話していると、後ろからクラクションを鳴らされた。路地を勢いよく走り去る車に、もし玲央が撥(は)ねられていたら、と身震いした。

昴が家族を失ったのは、全(すべ)て交通事故だった。父も母も、そして兄夫婦も。そんな悲劇が二度も自分の身に降りかかってくるなんて思いもしなかった。三度目は起きてほしくない。

『昴、聞いてるか？』

迎えに行こうか？　と言われて、見えないと分かりつつ昴は首を横に振った。今、迎えに行ってほしいのは昴ではなく、玲央だ。

「大丈夫、大丈夫だから早く玲央を見つけて、健人っ……」

懇願する声に、健人が『分かった』と言ってくれた。健人は昴の願いを否定しない。それが、昴に勇気を与えてくれて動く気力となっていく。

「戻りながら脇道捜してみる」

昴が力を振(ふ)り絞(しぼ)った言葉に、『俺もまだ捜すから』と言ってくれたのが心強かった。

『お前も気をつけろよ』

「うん」

そして捜索に戻るために、通話を切った。

さっきとは違う裏道を捜しながら歩いていると、あたりはもう暗くなっていた。街灯もぽつりぽつりとかなりの間隔でしか灯っていない細い道に、ぞわりと背中に嫌なものが這い上がった。思わず振り返ると、いつの間にかフードをかぶった大柄な男が後ろを歩いていた。

(なに、あの人……)

男から感じる異様な気配に昴は足を早めた。すると後ろの男も昴の歩調に合わせてくる。引き離そうとしても、ある一定の距離を保ってくる。人通りのない場所を熟知しているあたり、この辺に詳しい人間なのかもしれない。

(ヤバいっ……)

玲央を捜さなければいけないのに。

せめて人通りのある場所に出なければと、もつれそうになりながら、細い道を走り出そうとしたときだった。

一気に距離を詰められたかと思うと、体が後ろに引かれよろけそうになる。そこを羽交い締めにされてしまった。

「やめろっ！　はなせよっ！」

がっちりと抱えられ、身動きが取れない。荒い息づかいが耳元で聞こえ、性的に興奮しているのが伝わってきて身の毛がよだつ。

「いや、だ！　俺は男だ！」

羽交い締めにされているせいで、力一杯抵抗しているにもかかわらず、太刀打ちできなかった。体格の差がありすぎた。

「くそっ！　だれっんん‼」

大声で助けを呼ぼうとするも、今度は口を塞がれてしまった。息苦しくて上手く力が入らない。このままむやみに抵抗を続けていたら、気を失いかねない。苦しさにもがいていると、もう片方の手がズボンにかかった。

（誰かっ……健人っ……！）

心の中で名前を叫ぶことしかできない。それでもせめてもの抵抗で、体を捻る。

「やめっんんっっ！」

男とか女とか関係なく、襲われるものなんだと痛感させられる。ただ怖かった。恐怖で身じろぎすらままならない。まさか自分が被害者になるなんて、考えてもいなかった。

グイッと押しつけられる股間の膨らみに嫌悪が走り、さらに恐怖を増長させる。男は鼎の中に突っ込みたいと言わんばかりに、いきりたったものをぐいぐい押しつけてきた。

（気持ち悪いっ）

誰にも暴かれたことのない場所を、ただ己の欲望を満たすためだけの変質者になんて捧げてたまるか。

無理矢理、肌を触られる。その感触に吐き気がせり上がってくる。

（イヤだっ……）

健人じゃないとイヤだ。

（健人っ……）

助けて、と願った瞬間——体にかかっていた男の重みが消え、ドサっと大きな音が響く。

「この野郎っ！」

いつの間にか昴を守るように、健人が立ち塞がっていた。男は健人に投げ飛ばされたらしく、地面に転がっている。

「け、んとっ……」

求めていた人の姿に、泣きたくなる。それと同時に安堵で力が抜けていく。

「昴、大丈夫か？」

視界の隅で男が立ち上がったかと思うと、「クソッ」と吐き捨て、路地を転げるように走り出す。

「待て！」

「ヤダ‼　行かないでっ！」

変質者を追おうとする健人の手をとっさに掴んでいた。今、一人にされたくない。怖くて怖くて仕方がなかったのだ。もう一人になりたくない。

「昴？」

摑む手が震えていた。それに気づいた健人が変質者を追うのをやめる。

「もう大丈夫だ」

震える昴を、健人が両手でしっかりと抱きしめてくれた。その温もりと匂いに、ほぅ、とゆっくりと息を吐き出した。健人も昴の髪に鼻先を埋め、確かめるように何度も背中を擦ってくる。

「バカ昴。だから迎えに行くって言っただろ」

健人の声が震えていて、自分がどれだけ彼に心配をかけてしまったのか思い知った。

「ごめん、だって……俺男だし襲われるなんて思わなかった」

「お前はまだまだ子供なんだよ」

何気ない言葉にズキン、と胸が痛んだ。自分は対等に見られていないと、言われているようだった。

「とにかく、家に戻ろう」

そう健人に促されたときだった。薄暗い路地に携帯の着信音が鳴り響いた。画面を見ると昌子からで、急いで通話ボタンを押す。

『もしもし？　昴ちゃん？　あのね、玲央ちゃん見つかったわ』

「ほんと？　ほんとに⁇　よ、よかった、どこにいたの？　怪我してない？」

矢継ぎ早に聞くと、まだ家には戻ってきていないけれど、無事だと確認がとれたとのことだった。

「よかった……」

思わず安堵の息が漏れる。健人も小声で「見つかったのか？」と聞いてくるので、指でOKサインを作ると、ホッとしたように肩を下ろしていた。

玲央は昴が働いているショッピングモールの最寄り駅近くで見つかったらしい。真奈美が仕事関係の人にも色々声をかけ、かなりの人数が動いてくれたそうだ。おかげで見つけることができたのだという。

それにしてもだ。

「どうしてそんなところに……？」

昴の疑問に、昌子も分からないと困惑していた。

『真奈美が迎えに行ってるから、とにかくあなたたちも帰ってらっしゃい』

一番近くにいた真奈美が、玲央を迎えに行ってくれているということだった。

「うん。ありがとう」

通話を切るとドッと疲れが襲ってきて、動けなくなってしまった。

「よかった……」

張っていた気が一気に緩(ゆる)み、涙が溢(あふ)れてくるのを止められなかった。しゃがみ込んで安堵の涙を流していると、ぐいっと腕を引かれた。

「とりあえずここから移動しよう。俺が気が気じゃねえわ」

昴が襲われた場所にはいたくないという健人に、荷物を抱えるようにひょいと持ち上げられた。

「ちょ、っと健人っ」

「大通りに出るまでだ。お前だって怖い目にあったんだから、震えて当然だ」

怖かったと素直になればいいと、健人は言ってくれた。その言葉が嬉しくて涙を隠すようにギュッとしがみつくと、強い腕がしっかりと抱え直してくれた。

しばらくして通りに出ると、健人の肩から降ろされる。昴は居ても立ってもいられず走り出そうとして——思いとどまった。

「どした？」

動きを止めて振り返った昴は、健人に問いかける。

「健人、今、俺が襲われたの言わなきゃダメかな？」

唐突な質問に、健人はさらに表情を険(けわ)しくする。

「はあ？　なに言ってんだよ、それこそ不審者の報告しないとまた別の被害者が出ることになるんだぞ？」

「そうだけど……」

玲央のことだけでも、昌子と真奈美にはかなり迷惑をかけてしまった。特に昌子へ心労をかけたくない。

「お願い。警察には後で言うし、必要があれば警察にも行く。けど二人に今は言いたくない」

昴は健人の腕を摑んで懇願する。そんな昴に、健人は髪を掻き乱しながら大きな溜息を落とした。

「おまえな〜……」

その声にはいらだちと心配が入り交じっていた。

「今日だけでいい。これ以上余計な心配させたくないんだ」

険しい顔は崩れなかったが、みんなに心配をかけたくないという気持ちも理解してくれたらしい。健人は分かったよ、と渋々了承してくれた。けれど納得はしていないのは眉間の皺で見て取れた。

「じゃあ今日は通報だけでもしろよ。今も誰かを狙ってるかもしれないんだぞ？」

それは確かにしなければいけないと、昴も素直に頷いた。

「分かった。ちゃんと通報するし、二人には明日の朝話すから。ありがとう、ごめんね」

「それに言わないことが心配かけないことにはならないんだからな。あとで知らされる方が傷つくこともあるぞ？」

そう釘を刺され、昂の胸に突き刺さった。健人の言っていることも理解できる。しかし自分たちのことで余計な心配と迷惑をかけたくないのだ。

「……分かってる……」

もし迷惑をかけすぎて、もう面倒見られないと突き放されたら？　そんな人たちではないと分かっていても、どうしても予防線を張りたくなってしまう。

溜息と共に頭をポンと叩かれた。

「怒られるときは、俺も一緒に怒られてやるよ」

玲央のところに行こう、と背中を押され、昂は泣きたくなるのを堪えて大きく頷いた。

急いで家に辿り着くと玄関に明かりが灯っていて、それだけでもホッとする。扉を開けると同時に「玲央！」と叫んだ。

するとリビングから、「すばるー」と玲央が飛び出してきた。もつれる足で靴を脱ぎ捨て、泣きながら走り込んでくる小さな体を抱き留める。

「大丈夫？　どっか痛いところない？　怪我は？」

「ない。だい、じょうぶ。すばる、ごめんなさいっ……」

「玲央が無事なら、それでいいよ」

全身を確認するように何度も体を撫でる。泣かないつもりでいたのに、玲央の顔を見たらダメだった。ボロボロと涙が零れて小さな頭に鼻を擦りつけた。玲央の匂いを肺一杯に吸い込んで、やっと安心できた。

「ちゃんと、顔見せて？」

体を少し離して玲央の顔を覗き込んだ。

「ほんとにどこも痛くない？」

もう一度確認するとだいじょうぶと頷いた。かなり泣いたのか、目の周りが真っ赤になっていた。

「怖かったよね？　どうして一人であんなところまで行ったの？」

昴の質問に、玲央はまた泣き出してしまった。そのせいで、いつも以上に舌っ足らずなしゃべり方になる。

「す、ばる、おむかえに、いったのっ……」

「俺を？」

うん、と玲央が頷く。泣きながら、けれどたどたどしく頑張って説明しようとしてくれているのが痛ましかった。

「すばる、あさげんき、なかった、のっ……だから、おしごと、のとこ、レオが、いたらすばる、たくさん、いっしょで、よこんで、くれるって。ごめんな、さい……」

そこまで言うと嗚咽がひどくなり、しゃべれなくなってしまった。そんな玲央の背中を大丈夫だよ、と何度も擦る。

「玲央は昴のことが大好きだから、元気のなかった昴をお迎えに行ったら喜んでくれるし、もっと一緒にいられると思ったんだって」

代弁したのは真奈美だった。迎えに行った時に理由を聞いたらしい。子供ながらに昴を心配してくれていたのだ。玲央は昴の小さな不安を感じ取っていた。

もっとしっかりしなくちゃ。そして玲央と一緒にいる時間をもっと作ろう。

「すばる、おこってる?」

涙でぐちょぐちょになっている玲央の頬を拭いながら、可愛い額に情愛のキスをする。

「怒ってないけど、心配したよ。お願いだからもう一人でどっか行ったりしないでね」

「ごめん、なさい!」

ぎゅうっと昴にしがみついて離れない玲央に、健人がしゃがみ込んで頭を撫でた。

「今日は玲央も勉強になったな。一人でどっかに行ったらダメってことと、みんなに迷惑かけたらごめんなさいって言うこと」

その言葉に玲央はまた泣きながら、何度も「ごめんなさい」と謝った。

見上げると健人の背後に緑の姿が見えた。彼も一緒に玲央を捜してくれたらしい。昴は玲央を抱えたまま頭を下げる。

「緑さんも、ありがとうございました。今度なにかお礼をさせてください」

そう言うと緑は怪訝な顔をしていた。

「君は、大丈夫なの？」

緑は表情が乏しくて、なにを考えているか分かりにくいけれど、根はいい人なのだ。

「俺は大丈夫です。もっとしっかりしなくちゃいけなかったのに、玲央に寂しい思いをさせて、保護者失格ですよね」

抱きついたまま離れない玲央の背中を撫でながら言う。しかしなぜか緑の表情は変わらなかった。その後、「じゃあ、俺はもう帰るね」と出て行った。

「ひとまず、玲央が無事でよかった」

健人の手が昴を労るように頭を撫でた。見上げると健人の表情も和らいでいて、自然と体の力が抜けていく。

「今日も泊まって行きなさいね。客間で玲央も一緒に寝るんだもんね？」

そう真奈美が言うと、顔は見えないけれど玲央が何度も頷くのが分かった。

「お風呂も一緒に入る？」

玲央はやっぱり頷いた。ギュッとしがみついてくる力は思いのほか強く、今日は絶対に離れないという気持ちが伝わってくる。

「ご飯食べよう？　ね、玲央」

ばあばに卵焼き作ってもらう？　と聞くとやっと顔を上げた。

「たまごやき、たべる」

食い意地の張った玲央の言葉に、みんな声を上げて笑ったのだった。

約束通り夕飯に卵焼きを作ってもらい、お風呂に入って元気を取り戻した玲央は、リビングのソファで昴の膝(ひざ)に座ったまま舟を漕(こ)いでいる。

「疲れたよね。たくさん歩いただろうから……」

この可愛らしい寝顔を失わずにすんでよかったと心底思う。

「昴、お前はもう大丈夫か?」

「大丈夫……だと思う」

「なら、話すか?」

と声のトーンを落とし、ダイニングテーブルに座っている昌子と真奈美に視線を向けて、健人が言う。

やっと一息つけたばかりなのに、と思うとやはり気が進まない。警察には電話で被害報告をした。明日の朝、改めて署で話をすることになっている。

「やっぱり明日話す」

昴が答えると絶対だからな、と念を押された。それに、と健人が続ける。

「緑がいなかったら、お前が大変な目に遭ってたんだぞ」

そう言われ、胸がざわついた。どうしてここで緑の名前が出てくるのだろうか。

「緑さんが俺を見つけてくれたってこと？」

「まあ、そんなところだ」

昴の問いかけに、健人が少し困った顔をしていた。

「どういうこと？」

「昴があの辺りにいるんじゃないかって、緑が言ってきたんだよ」

「そうだったんだ……」

けれど、実際助けに来てくれたのは健人だけで、近くに緑の姿は見当たらなかったし、昴たちより先に司波家には戻っていたようだった。

（なんで俺の居場所が分かったんだろう？）

そんな疑問がよぎったけれど、考えたところで分かるはずもない。真奈美の仕事仲間や緑、いろんな人に助けられたのだと痛感する。感謝する気持ちに嘘はないのに、健人が緑を頼ったという事実に複雑な気持ちになる。昴は感情を抑えながら無理に笑顔を作って言う。

「緑さんの好きなものってなにかな？　今度お礼しなきゃ」

「あ〜、あいつ甘いもの好きなんだよな」

即答する健人に、二人の仲が気の置けないものだと思い知らされて、胸の痛みが増していく。

(緑さんのことなら、なんでも分かってるんだな……)

恋人ができるまではそばにいたいと思っていたけれど、離れなければいけない日は、すぐそこまで来ているのかもしれない。

うなだれていると額を指でピンと弾かれる。顔を上げると優しい眼差し(まなざ)があった。

「寝かせるか」

そう言って膝の上の玲央を抱き上げた。

「うん」

ダイニングテーブルで話をしていた昌子と真奈美に「おやすみ」と声をかけると、「ゆっくり寝なさい」と手を振ってくる。

「今日は、ありがとう。おやすみなさい」

昴の言葉に「おやすみ、昴ちゃん」と昌子が答えた。

玲央を抱く健人のあとを追い、昴は客間に向かった。玲央をベッドに降ろした健人は、その可愛い額に「おやすみ」とキスをする。もし子供がいたら、きっと同じようにするんだろうなと思うと胸が締め付けられる。

大切な宝物を扱うようなキス。本当は自分もそうされたい。欲を言えば、家族のそれとは違う、愛情のキスがほしい。けれどそれはきっと叶わぬ夢だ。

「お前も、今日はもう寝ろ」

健人に促(うなが)され、昴は素直に「うん」と頷いた。答える声が自分でも疲れ切っているのが分かった。すると、唐突に体がふわりと浮いた。

「えっ、なにっ?」

健人に抱きかかえられ、玲央の隣に寝かされる。

「特別サービス」

笑う健人が、玲央にしたのと同じように昴の前髪をかき上げた。

額に柔らかい唇が触れた。ちゅ、と可愛い音がしたかと思うと、髪を梳(す)かれる。ベッドの縁に座ったままの健人に、なにか言いたい。けれど優しく撫でる手の温もりに、あっという間に眠りに誘われていった。

6

　バイトへ行く前に警察に寄って、昨日の件を話した。変質者の情報ということで調書を取られ、思ったより時間がかかってしまった。思い出しながら話すのは、正直気分がいいものではなかった。

　解放されて急いでバイト先に向かう。途中、同じ速度で歩く人がいて、なんとなく気になって何度も後ろを振り返ってしまった。そのくらい、まだ恐怖心が残っていた。バイト中も、客に背後から声をかけられると驚きすぎて失礼な態度を取ってしまったり、思ったより大変だった。

（やっぱり今日は休めばよかったかな……）

　ちょっとだけ後悔していた。健人には休めと言われたが、心配かけたくなくて平気なふりをしたのだ。自分なりに気を奮い立たせて頑張ったつもりだったけれどダメだった。

　全ての業務を終えて着替えをしてスタッフルームを出ると、先輩スタッフが声をかけてきた。

「昴くん、今日俺車で来てるから送ってあげるよ。いつもより遅くなっちゃったし、疲れてたみたいだからさ」

どうせ通り道だしね、と言ってくれた。

「いいんですか？」

正直ありがたかった。強がっていたものの、やはり健人に迎えに来てもらおうかと考えていたところだったので、渡りに船だ。

健人には仕事が残ってるから遅くなる、と連絡は入れていた。返信には【終わったら連絡して。迎えに行くから】と書かれていたが、迎えを待つなら送ってもらった方が早い。

（車ならすぐだし、連絡入れなくてもいいよね）

携帯をポケットに入れ、昴は先輩の車に乗り込んだ。

仕事の話をしていると、あっという間に家に辿り着き、お礼を言って車を見送った。

車の音を聞きつけたのか、門を開けると玄関のドアに寄りかかって腕を組んだ健人が待ち構えていた。しかも、顔が怒っていて、近寄るのが怖い。

その場から動けずにいると、健人の低い声が届く。

「俺、連絡しろって言ったよな」

「ごめん……けど、先輩が送ってくれるって言うから……」

言い訳をしたけれど、すかさず返された。

「遅くなるのは分かってたけど、連絡の一本入れられるだろ？　俺がどんだけ心配してたか分かってんのか？」

昨日の今日だぞ、と抑える声が、本気の怒りを表していた。

すぐだからと連絡をしなかったせいで、ずっと心配させしまったのかと思うと、自分の軽率さに申し訳なくなる。

「ごめん……気をつける」

「頼むから、ちゃんと連絡してくれ」

怒りを吐き出すように溜息を吐く。まるで聞き分けのない子供に言い含めるみたいだ。

「昨日はお前もしんどいと思ったから言わなかったけど、自分で自分を守れてないだろ？　だから心配なんだよ」

その言葉には、さすがに昴も傷ついた。青ざめて唇を噛みしめる昴に、健人も失言だと気づいたようだった。

「悪い。言い過ぎた。あれはお前が悪いわけじゃない。ただ心配なんだ。俺たちは家族同然だろ？　今日だって甘えて連絡してくれてよかったんだよ」

家族同然。そうかもしれないけれど、昴は弟になりたいわけではないのだ。心配してくれる言葉は嬉しいのに悲しかった。

「そう、だね……健人は、お兄さんみたいだもんね……」

　自分で言った言葉に傷ついている。笑ったつもりだったけれどうまくできなかった。

　そんな昴の気持ちなど分かっていないであろう健人が、いつもように頭をくしゃりと撫でてくる。

「きつい言い方して悪かった……だから、泣かないでくれ」

「泣いて、ない」

　言い返しながら顔を背けると、頭を引き寄せられた。

　健人なりの慰めが、胸に響く。その優しさは家族のものであって、昴が望むものとは異なっている。それが切なかった。

　にもかかわらず身を預けようとすると、携帯が鳴り響いた。震えていたのは健人の携帯で、ズボンのポケットから取り出すと、珍しく小さく舌打ちをしたのが聞こえた。

「なんだよ、緑……今取り込み中……え？　ああ……分かった。今から行く」

「どっか、行くの？」

「ああ、ちょっと行ってくるわ」

　不安そうな顔するな、と苦笑いした健人が髪をひと撫でする。

　そばにいてほしい。緑より自分を優先してほしいと願うこの気持ちは、嫉妬だ。子供じみた自分の気持ちを分かっている。行かないでと言ったら、健人は昴を優先してくれるだろうか。けれど、それで緑を選ばれたらと思うと、引き留めることなどできなかった。

「すぐ戻るから」

離れていく健人の温もりに寂しさを感じながら、後ろ姿を見送る。昴の願いは届かず、SUVのエンジン音がして車庫から出ていってしまった。健人が出かけたのと入れ違いに昴がリビングに向かうと、玲央の笑顔が迎えてくれた。

「すばる、おかえり！」

声が聞こえると走り寄ってくる玲央に、ささくれていた気持ちが温かくなっていく。

「ただいま～。遅くなってごめんね」

抱き上げて頬ずりをすると、くすぐったそうに笑う。子供独特の少し甘いミルクのような匂いを肺一杯に吸い込んで、ホッと息を漏らした。

昴の帰りを待っていてくれたのは、玲央だけではない。昌子と真奈美もリビングの大きなテレビを見ながら、「おかえり」と声をかけてくる。

「ばあば、真奈美さん、ただいま。今日も玲央のこと、ありがとう」

「You are welcome!」

真奈美のネイティブな英語が返ってきた。

「すばる、けんとは？」

キラキラとライトが反射する大きな目で、健人はどこだと訴えてくる。

「おでかけしちゃった」

昴の返事に、玲央はぷぅと頬を膨らませる。

「すばるとけんとと、おはなしいっぱいしたかった」

玲央は玲央なりに、一緒の時間を楽しみたかったのだろう。急にいなくなってしまった健人に、ご不満のようだった。

「俺だけじゃダメ？」

わざと悲しそうな顔をしたら、玲央が慌てて大きく首を横に振った。

「すばるとおはなしする！」

とくっついてくる。そんな玲央に癒やされていると声をかけられた。

「ほら、ご飯食べるでしょ？」

「ありがとう、ばあば」

すでに昌子がキッチンに立っていて、昴の夕飯を温め直してテーブルに並べてくれた。

「いただきます」

いつもの席に座り手を合わせる。美味しくて温かい食事は、昴の心を元気にしてくれる。

その間も玲央が隣に座って、今日、家でばあばとあんなことをしたとか、庭で一緒に花の世話をしたことなどを、楽しそうに話してくれた。けれど昴の帰りが遅かったので、玲央も限界だったのだろう。話しているうちに体がゆらゆらと揺れ、船を漕ぎ始める。さすがにこれは寝かせた方がいいと、玲央を抱きかかえた。

「あらあら、やっぱり寝ちゃったのね。本当はずっと眠たかったみたいだから、ばあばのお布団で寝ていいよって言ったんだけど、昴ちゃんが帰ってくるまで寝ないって頑張ってたのよ」

昌子が教えてくれた。このまま自宅へ連れて帰ろうかと思ったけれど、甘えさせてもらい、昌子の部屋に寝かせもらうことにした。

玲央を布団に寝かせると、健人のいない二階に泊まる気になれず、「今日は家に戻るね」と二人に告げる。

「あら、帰るの？　健人もすぐ帰ってくるでしょ？」

真奈美に引き留められたけれど、健人が緑に呼び出されたことを思い出すと、また胸にモヤモヤとしたものが蘇る。それが嫌で一人になりたかった。

「うん、ちょっとやることもあるから今日は向こうで寝るね。玲央のことよろしく」

夕飯の後片付けを済ませると、玲央のことをお願いして司波家を出た。真向かいの自宅は真っ暗で、門灯すら点いていない。自分の家なのに、どこか冷たく寂しさが漂っていた。

門の前で誰も居ない家に入りたくないと足を止めると、突然、身動きが取れなくなった。なにが起こったのか分からなかった。

「……っ」

「つーかーまえた。ずっと待ってたんだよ」

耳元で囁かれて、背中に冷たいものが走る。どこかで聞いたことがある声に、めまぐるしく記憶を辿る。そうだ、この粘つく声は、昨日の変質者だ。恐怖が一気に蘇り、体が硬直していく。後ろから抱きつかれたと気がついたときには、もう遅かった。

「やっ、……うっ……」

力を振り絞って助けを呼ぼうとしたが、胃のあたりを締め上げられ息が詰まった。まさか、昨日の今日でまた狙われるなんて——しかも自宅まで知られていたとは思わなかった。

べろり、と耳朶を舐められて、鳥肌が立っていく。

気持ち悪さよりも怖さの方が強く、体がガクガクと震え始め、うまく動かせない。

「ああ……可愛い……震えてるね。大丈夫、一緒にくれれば優しくしてあげるからね」

にやついた声にますます怖気立つ。目の前は司波家なのに、助けすら呼べない自分が情けない。

「んんっ……んっ……」

昨日の今日で襲われるなんて。こんな自分だから健人に心配させてしまうのだ。

「ふっ、……んんー！」

悔しくて抵抗するけれど、軽くいなされてしまう。密着する変質者の熱が、昴の体をさらに硬直させていく。早く逃げなければと思うのに、焦りと恐怖が全身を覆った。

（……健人！）

また心の中で助けを求めていた。自分を守れていないと言われたけれど、それは正しい。こうしてなにかあると、健人に助けを求めてしまう弱い自分がいる。だからこそ指摘されて、悔しかったのだ。

自分の弱さと幼さを認めなければいけない。そのために健人は「自分を頼ってくれ」と言っていたのだと、やっと理解する。

ふわりと体が浮いた。このままでは本当にヤバい。そう思ったときだった。

一瞬、目の前が真っ白になる。残像が残るほど強烈な光に、なにが起きたのか理解できなかった。もう一度、強く光が浴びせられ、変質者の呻く声が聞こえた。

「な、んだっ……」

それと同時に昴を拘束していた手が緩む。

（いまだっ）

思い切り手を振り払うと、足がもつれながらもなんとか逃げ出す。

「待てっ」

追ってくる声がして、とにかく司波家に駆け込もうと体を動かした。ほんの数歩のはずの門が遠い。あと少しというところでまた手を摑まれてしまう。

「やだっ！　放せっ！」

がむしゃらに抵抗した。これ以上好きにはさせない。その手に思い切り嚙みつこうとした。

「昴！」

名前を呼ばれて、目を開ける。

「け、んと……」

昴の手を摑んでいたのは変質者ではなく、緑のところに行ったはずの健人だった。途端、ホッとして体から力が抜けていく。

「よかった……間に合った……」

そう言った健人が昴の体を、しっかりと守るように抱きしめてくる。怖かった。今度こそダメかと思ったけれど、健人がまた助けてくれた。

「もう大丈夫だ」

健人は、昴の無事を確認するために何度も体を撫でると、大きく安堵の息を吐く。そして健人は「ちょっと待ってろ」と体を離そうとした。

イヤだ。この手をもう放したくない。昴が大きく首を振ると力強く体を引き寄せられた。

「大丈夫、ここにいるから」

健人は昴と変質者との間に立つ。変質者と対峙した健人は、祖父の形見だと言っていたカメラをなぜか男に向け、シャッターを切った。強いフラッシュに、変質者が呻き声を上げる。

「やめろぉ……」

奇妙にしゃがれた声だった。怖くなって昴は前に立つ健人の服を摑んだ。何度か呻き声を上げたあと、変質者は動かなくなった。と同時に、黒い〝なにか〟が揺らいで見えた。

すると、健人がもう一度シャッターを切った。

（なんか、いる？）

影みたいなモヤが、変質者から立ち上っているように見えたのは気のせいだろうか。ほんの一瞬だったけれど、そんなものを見てしまい、襲われたのとは別の怖さを覚える。思わず健人の服を強く握りしめた。

健人の背後に隠れながら、倒れている変質者をもう一度覗く。しかし、もう黒いモヤは見えなかった。

（気の、せいかな……）

そう自分に言い聞かせ、ホッと小さく息を逃がした。

「死んでない？　今、なんか見えなかった？」

健人にも見えていたら安心できると思ったけれど、彼はそのことには触れてこなかった。

「死んでねーよ」

しばらく動けねぇかもしれないけど、と肩を竦める。一体なにが起こったのだろうか。どうして変質者が動けなくなったのか、やっぱり理解できない。あの黒いモヤは関係ないのだろうか。理由を聞こうとしたとき、背後から声をかけられた。

「健人、カメラこっちに」

振り向くとそこには緑が立っていた。まさか一緒にいるとは思わず昴の胸はざわついた。

「悪い、頼んだ」

健人が昴には触らせてくれなかったカメラを、緑に渡す。

(どうしてまた緑さんには渡すの?)

この前の撮影のときと同じだ。悔しくて胸が苦しい。

「今日は離れない方がいいよ」

昴に視線を送っているものの、言葉自体は健人に向けられたものだった。

「分かってるよ」

「よかったね」

珍しく柔らかい表情を見せた。緑は手早く男を拘束したのち、カメラを持ってそのまま帰っていく。

「緑さん、帰っちゃうよ? 送らなくていいの?」

「女じゃねぇし、一人で帰れるだろ」

「けど……」

といいあぐねる。

「なんだよ」

「……すごい、健人が素を出してるから……もしかして付き合ってるんじゃないのかなって……」

ハッと口を押さえてももう遅い。そんなこと言うつもりはなかったのに、と唇を噛みしめた。けれど、健人は心底嫌そうな顔をしている。

(あれ……?)

これは本当に嫌なときの顔だ。

「あいつとは、そういうんじゃねぇよ」

「そう、なの?」

緑は綺麗だから好みなのかと思っていた。昔、健人の部屋で見た人も、モデルをしていただけあって、個性的で整った容姿だったのを覚えている。だから健人は面食いなんだと思っていた。なにより緑との気の置けない関係には入り込めない。

健人は眉を寄せ、まだ嫌そうな顔をしている。

「ずっと、俺と緑の仲を疑ってたのか」

「だ、だって……」

「だってなんだよ」

「二人ともすごく仲いいし……緑さん、綺麗だし……」

思わず情けない声が出た。

「綺麗かぁ？　まあ俺の好みじゃねぇな。あいつはいい意味での友達だよ」

昴の不安を一蹴するような健人の言葉に、内心でホッとした。

（そっか……健人の好みでは、ないんだ……）

現金だと自分でも思うけれど、緑とは恋人ではないとはっきりと聞けた途端、抑えていた健人への気持ちが膨らんでいく。

（健人が、やっぱり好きだ……）

今の関係を崩したらいけないと、自分の気持ちは隠し通すつもりだった。

それなのに欲が出てきてしまう。ずっと言えないだろうと思っていた気持ちを、伝えてもいいだろうか。恋人になりたいと、望んでも許されるだろうか。

自然と健人に手を伸ばしていた。健人は躊躇することなく、昴の手を摑んで引き寄せる。

「俺の寿命をこれ以上縮めないでくれよ」

健人が溜息と共に吐き出した。

「うん、ごめん」

もっと強く抱きしめて健人を感じていたい。けれど玄関のドアが開くと同時に、温もりは離れていってしまった。

「ちょっと、どうしたの？」

真奈美が何かあったのかと玄関から顔を出したのだ。あれだけ騒いでいれば当然だ。

「昴が変質者に襲われた。警察に電話してくれ」

「大変！」

慌てて家に戻っていく。

「もう大丈夫だ」

「うん……」

もう一度、健人に抱きしめられる。胸の痛みを誤魔化すように、昴もしがみつく。

（このままなんて……無理だ）

家族としてそばにいられたらいい。そう言い聞かせてきたけれど、もう限界だ。

「うん、ありがと、もう大丈夫だよ」

笑顔で答えて腕から逃れると、健人は不思議そうな顔をしていた。

その後は、昨日より大変だった。変質者は警察が来てから意識を取り戻したけれど、自分がどうしてこんなところにいるのか、いっさい覚えていないというのだ。それでも昴を襲った事実は変わりないし、子供に声をかけていたことは認めたらしい。昴を見て「俺はこんなやつに興味ねぇ」と喚き散らしていた。言動に一貫性がないことから薬物使用の可能性もあるということで、警察に連行されていった。

自宅前で現場検証を行い、事情聴取が終わって一息つけたのは、深夜になってからだった。

「疲れた……」

玄関に入った途端、思わず溜息が漏れた。昨日の件についても再び報告したりしたせいで、精神的にも疲れ切ってしまっていた。ぐったりしているのは自分だけではない。さっきまで付き添ってくれていた健人にお礼を言う。

「こんな時間まで、ごめんね。それとありがとう」

聴取にも立ち会ってくれたおかげで、スムーズに話ができた。

「俺だって当事者だからな。お前を守れてよかった」

つむじに健人からのキスが落ちる。家族への愛情表現でもいいと、苦しみ我慢してきたけれど、やっぱりそれだけでは足りないと思っている自分がいる。

(もう……どうしたらいいかわからない)

健人の服をギュッと摑んで見上げると、困ったような――けれどいつもより強い視線が向けられた。

熱を帯びた眼差しが近づいてくる。

「健人……」

名を呼び終わるのと同時に、唇が触れた。少し乾いた感触に、昴はなにが起こったのか分からなかった。

「な、んで……？」

混乱している昴を、健人がすっぽりと抱きしめてくる。

「はな、して……健人……」

「やだね。お前は放したらすぐに危ない目に遭うからな」

もう放さねーよ、と囁かれて、昴は泣きたくなった。

(なんで、唇にキスしたの？)

どういうことか分からないと、混乱して息ができなくなりそうだった。

「大丈夫だった？」

音に気がついた真奈美がリビングから顔を出した。

とっさに健人から離れようとしたけれど、むしろグイッと引きよせられた。

「け、けんと？」

「別にいいだろ、離れなくたって」

今更だと言われ、なにが？　と聞きたくなった。真奈美も特に気にしている様子はなく、
二人の姿を見てホッとした表情を浮かべていた。

「疲れたでしょ？　玲央はもう母さんと寝てるから明日ゆっくり話そうね」

日付はとうに超えていて、真奈美も疲れているのが見てとれた。

「ほんと、心配かけてごめんなさい……あと、ありがとう」

「ほら、お風呂入って温かいものでも少し食べてから寝なさい」

無条件で与えられる愛情に涙が零れていく。血が繋（つな）がっていなくても真奈美から感じるのは、母親の愛情だ。それが、ただ嬉しかった。

「健人、昴のこと守ってくれてありがと。偉かった」

健人は「なんだその上から目線」と笑う。

「あたりめぇだろ」

「大事にしなさいよ」

と返すけれど、腕は昴を抱いたままだ。

「分かってるっつーの」

ずっとしてるし、と答えた健人に背中をトンと押される。

「まずは風呂入ってこい。そんでその間になんか軽く食べられるもの用意してもらうから」

「え、大丈夫だよ……俺そんなに腹減ってないし」

「俺が減ってんだよ。家戻ってきたら一気に腹減ってきたわ」

健人の言葉に昴もぐう、と腹の虫が鳴った。

「いいから入りなさい」

真奈美に促され、昴はやっと健人から手を放した。

「ただいま」

改めてもう一度口にする。ここが自分の帰る家。もうここ以外に帰る場所はない。

7

緊張していた体を湯船で温めると、じわじわと体の感覚が戻ってきて、やっと肺の奥まで酸素を取り込めたような気がした。この数日、大変なことばかりだった。けれどこれでもう大丈夫だろう。リビングに戻ると、漂う(ただよ)出汁(だし)と醤油(しょうゆ)の匂いに改めて空腹(くうふく)が刺激された。

「いい匂い……」

「そこ座りなさい。おうどん、すぐできるから」

真奈美(まなみ)に促(うなが)され、定位置に座る。

「俺もざっと体流してくるわ」

「そうしなさい。あんたも疲れたでしょ」

健人(けんと)は大丈夫、というように手をヒラヒラとさせて、リビングを出て行った。

「はいどうぞ。熱いうちに食べちゃいなさい」

「……いただきます」

手を合わせてから、うどんを口に運んだ。優しい味付けが口の中に広がっていく。薄味にしてくれていて深夜に食べるのにちょうどよかった。

「美味しい……」

一口食べたら止まらなくなった。あっという間に汁まで平らげてしまった昴を見て真奈美が笑う。

「食欲があってよかったわ」

真奈美は昴が食べ終わるまでずっと一緒にいてくれた。そんな小さな気遣いが、ありがたい。タイミングを見計らって真奈美が声をかけてきた。

「今日の話、聞いてもいい？」

昴の気持ちが落ち着くのを待っていてくれたのだろう。そんなところは健人とよく似ていた。

もう言わない理由はない。昨日話さなかったことと、今日の出来事を包み隠さずに話した。真奈美は最後まで口を挟まず、昴の話を聞いてくれた。そして大きく溜息を吐いて言った。

「結局、犯人はこの辺をうろついてた変質者だったのね」

「そうみたい。子供ばっかり狙ってたって聞いたけど……」

昴を二度も襲ってきたのはなぜだろうか。しかもその変質者は昴を全然覚えていなかったのだ。

（それに、あのモヤ……）

腑に落ちないことが多すぎる。

「だから昴も気をつけなさいって言ったでしょ？　今は男も女も関係ないんだからね。あと私たちのことを思うのなら、隠さずにすぐに言うこと！　分かった？」

「ごめんなさい……」

そう諭されて昴も素直に頷いた。今回の件で身に染みた。自分の不注意で玲央にまで危害が及んだら、後悔してもしきれない。

真奈美はテーブルに肘を突き、頬を支えると意味深に笑った。

「まあ、健人っていう番犬がこれからは今まで以上にひっつくと思うけどね」

「健人にも気をつけろって言われてたのに、俺が油断したから……」

反省してます、とうなだれると、「それならよし」と真奈美が先生のように頷いた。

「あいつ、すんごい心配してたんだからね〜。緑くんも色々手伝ってくれたみたいだし」

「緑さんが、なにか言ってたの？」

昴の疑問に真奈美は、おや、という顔をする。

「あれ？　聞いてないの？」

真奈美が眉を上げて驚いた表情をする。なにが、と聞き返そうとすると、濡れた短い髪をバスタオルでガシガシと乱暴に拭きながら、リビングに戻ってきた健人に阻止されてしまった。

「そんな言い方したら、こいつが余計に不安になるからやめろって」

「じゃあ、あんたがちゃんと不安にならないようにフォローしておきなさいよね～」

ニヤニヤと意地悪く笑う真奈美に、健人は嫌そうな顔を隠さない。二人のやりとりに置いてきぼりにされた昴は、思わず口を挟んだ。

「ねえ、そんな言い方されたら、ものすんごく気になるんだけど？」

それに、どうして昴の居場所を緑が知っていたのか、理由を聞きたい。

「あいつが話してもいいって言ったら、ちゃんと話すよ」

健人の言葉に真奈美もそれもそうね、と同意する。結局、聞きたいことは一つも聞けずじまいだった。

健人が食べ終える頃には、深夜一時を過ぎていた。

いつも元気で宵っ張りの真奈美も、さすがに眠たそうに欠伸をしている。

「俺、後片付けしておくから、真奈美ちゃんはもう寝てよ。今日は本当にありがとう」

「いいわよ、シンクに漬けておいてくれれば明日の朝やるから。あんたは被害者で一番大変だったんだから気を遣わないの」

もう寝ましょう、と促されて昴と健人もリビングをあとにした。

疲れ切った体をベッドに預けたものの、一向に眠気は襲ってこない。むしろ目が冴えてしまっている。頭の中を巡るのは昨日と今日の出来事と緑の秘密、それに健人のことだった。

（キス、したよね……）

改めて考えていたら余計に眠れなくて、何度も寝返りを打った。

すると隣の部屋から、かすかな物音が聞こえてきた。健人もまだ起きているようだった。

このままではどのみち眠れないと健人の部屋に向かう。

「健人？　起きてる？」

小さくドアをノックしながら囁くと、「起きてるよ」と扉が開いた。

「なんだよ、いつも勝手に入ってくるくせに」

入口に立っている昴を見下ろしながら笑う。

「どうした？」

いつも以上に柔らかな表情の健人に、部屋の中に招き入れられた。

「なんだよ、甘えたか？」

「うん……」

入口に立ったままの健人の胸にもたれると、彼の手が当たり前のように昴の背中に回った。昂の腰を易々と両手で包み込んで、子供をあやすみたいにゆらゆらと揺られる。
　この温もりをずっと感じていたい。自分のものにしたい。健人の広い胸にいっそう強く頬を押しつけると、健人が髪にキスを落としてきた。あのときも今のも弟に対するものなのだろうか。

（家族には口になんて、しないよね……？）

　キスの意味を知りたい。健人の気持ちが知りたい。見上げると、目があった。

「そんな目で見るなよ」

　少し困ったように笑う健人が、さらに続けた。

「恒になんて言い訳すりゃいいんだ」

「言い訳って……？」

「……それは、まあ、あれだ……」

　いつもはっきりと物事を言ってくれる健人にしては、歯切れが悪い。都合よく取ってしまってもいいのだろうか。傷つきたくないのに、期待してしまっている。

「あれって、なに？　はっきり言ってよ」

　そう問うと、大きく溜息を吐いて肩をすくめる。

「……今回の事件だって、お前と玲央になにかあったら、恒に顔向けできなくなるところだった……それだけじゃねぇけど」

ぼそりと呟かれた言葉は聞き逃さなかった。

さらには抱きしめて放そうとしない腕が昴の期待を後押しする。諦めなければと思いながら消えなかった想いを、今なら口にできる。

「俺……健人の、ことが……ずっと好きだった」

言葉にしたらもうダメだった。強くなっていく想いに目の前が涙で歪んでいく。

「好き、って……言ったら、ダメだと、思ってた……けど、昨日、襲われたとき、健人じゃなきゃ、イヤだって思ったんだ……」

溢れる涙を、健人が唇で拭っていく。

「好きって言ってくれよ。俺はお前のことが大事すぎて、手が出せない臆病者だから」

「なん、だよ……それ」

健人も言ってよ、と泣きながら懇願すると、「好きだよ」と低い声が鼓膜を揺らした。

怖かったのは昴の方だ。この恋を知られたら、家族のような付き合いができなくなってしまうと思っていた。家族を亡くしてしまった昴にとって、それがなによりも怖かった。

「俺は、お前が可愛くて可愛くてしかたなくて、かなり態度に出してたつもりだったけどな」

「そう、なの？」

健人の言葉は嬉しい。けれど胸にずっと引っかかっていたことがあった。

「それは、……弟、としてじゃない？」

不安げに問えば、困ったように健人が言った。

「こうすれば、分かるか？」

なに、と思ったときにはもう唇を塞がれていた。はじめから深いキスに、昴は健人にしがみつくしかない。

「んっ……んふ……」

甘ったるい声が自分のものじゃないみたいだった。上顎をなぞられ、舌を絡められると膝の力が抜けていく。ガクガクと震えてしまう昴の体を、強い力で支えてくれた。

くちゅ、といやらしい音をさせて唇を離すと、妖艶に笑った。

「弟にこんなキスするかよ」

そして、誰かにキズ物にされるくらいならもう我慢しねぇから、と昴の体を抱き上げてベッドへ座らせる。

「ずっと、恒に対しての罪悪感はあったからな……手は、出せなかったけど」

健人は少し苦く笑う。

頬を撫でる手が、今までとは違う意図を持っているのが分かる。ちゃんと恋情を持ってくれているのが嬉しかった。

「兄さんなら、きっと許してくれると思う」

どんな形であれ、昴が幸せならそれでいい。きっとそう笑ってくれるだろう。

健人は「たしかに」と肩を竦める。そんな健人に全てを晒す。

「俺、健人に捨てられたら生きていけないかも……そのくらい、重たい存在になるけど……いいの？」

昴がこの先生きていく理由。それがほしかった。玲央を育てる以外の、大きな理由。愛する人のために生きていきたい。

「重たいのは、俺も同じだ。こう見えても束縛気質なもんで」

手首を握られて、身動きを封じられる。歓喜が体の奥から湧き上がり、鼓動が高鳴っていく。健人にならいくらでも縛られてもいい。それすらも喜びになるくらい昴も強く想ってきたのだから。

抱きしめてくる腕に、力がこもった。

「あと、頼むから、自分を大事にしてくれ」

少し切ない声で告げる健人を見上げると、昴に甘えるように額を擦りつけてくる。

「マジで、お前までいなくなったら俺の方が生きていけねぇから」

昴にとって大切だった人たちは、健人にとっても同じだった。

「ごめん……気をつける……」

「そうしてくれ。マジで生きた心地がしなかった」

ぎゅうと強く抱きしめられる。大きな健人がまるで小さな子供のように見えた。その仕草に愛しさが湧き上がってくる。これからは、彼を悲しませないようにしたい。弱さも全部、見せてほしい。それを受け止められるような人間になりたいと、昴は強く思った。

「健人、大好き。ずっと……ずっと好き」

どうやってこの気持ちを伝えたらいいのか分からない。ただ言えるのは、好きという言葉だけだった。

「俺は愛してるのほうがしっくりくるくらい、お前のことが大切だよ」

ずっと見てきたからな、と心の裡を吐露してくる。

「俺には兄弟はいないし、恒は兄弟ってよりやっぱり親友だった。一番の理解者で、どんなことがあっても無条件で受け入れてくれる、唯一の存在だった」

話ながら昴の頬や耳朶、それに頭を大切なものを扱うように撫でていく。

「大切な存在を、こんなに早く失うなんて想像もしなかった」

昴も同じだ。しかも昴はすでに一度、喪失を経験をしていた。両親のときだ。自分にこれ以上の悲劇はないと思っていたのに、起こってしまった。それでも立ち直れたのは玲央の存在と、そして司波家の人たちのおかげだった。

親友を失った健人も喪失感は大きいに違いない。辛そうな健人の頬に昴は手を伸ばす。健人がこれ以上悲しまないように、俺はここにいるよ、と。それを証明するためにも自分を大切にして生きていきたい。

「俺がそばにいるから」

頬を撫でる昴の手をとって、その掌（てのひら）にキスをした。

「いなく、ならないでくれ」

懇願する声に胸が張り裂けそうになった。

「健人がいらないって思っても、そばから離れられないから」

そう微笑（ほほえ）む昴に、眉を寄せて苦しげな顔をしたあと、自嘲（じちょう）気味に笑った。

「いらなくは、ならないな。お前と玲央が笑っててくれりゃ、俺はそれだけでいい」

「俺も、健人が笑ってくれてればそれでいいや」

ずっと大好きだった笑顔。この笑顔のためなら、昴はきっとなんだってできる。

「健人、抱きしめてよ」

昴の甘えをすんなりと受け入れてくれる。いつも助けてくれる腕を、自分だけのものにしていいのだと思ったら、じわりと熱いものがこみあげてくる。もどかしい体をどうにかしたくて、昴は健人の唇を奪った。

「好き、健人が、好きっ……」

何度でも伝えたい。気持ちを伝えられることが、嬉しくてたまらない。

「ああ、知ってたよ」

大好きな笑顔が近づいてきて、唇を塞ぎ返された途端、強く激しく口腔内を掻き回された。昴のつたないキスとは違う、大人のキス。

「ふっ……んん、……」

キスをしながら体を撫でられたら、もうダメだった。体の芯が溶けてしまう。しっかりと抱き止められたかと思うと、さらにキスが激しさを増す。上顎も喉の奥も熱い舌で舐められて、歯列をなぞられる。その度に昴は逃げを打つものの、逃さないといわんばかりの強い力で抱きしめてくる。

少し長い髪を掻き上げられながら頭皮を撫でられるだけで、ぞわりと体が粟立った。

「んっ……け、んっ……」

健人の服を皺がつくほど握りしめて、クタクタになってしまう体をどうにか押しとどめていると、ゆっくりと押し倒された。

時々一緒に寝ているベッドなのに、急に恥ずかしくなった。健人の匂いに包まれておかしくなってしまいそうだ。

「けん、と……」

自分のそれはすでに硬くなってしまっていて、恥ずかしさにもじもじと脚を擦り合わせる。すると、健人が大きく溜息を吐いた。

なにかおかしなことをしてしまっただろうか。呆れられたらどうしようと不安になったが、次の言葉でそれも消し飛んだ。

「やばい……可愛くてしかたがねぇわ」

昂の頰に、額に、鼻先にキスを落としていく健人に、愛されていると実感する。そしてまた唇を塞がれた。舌を絡められ、鼻から甘ったるい声が漏れると、さらに貪られる。

「んっ……ふぁっ、……」

口内を掻き回され、舌を引き摺り出され、強く吸われると、体の奥がジンと痺れるように疼く。昂のそれはさらに硬くなってしまい、隠したくなった。けれど健人が昂の脚を割ってくる。

「やぁ、……健人、だめ、はずかしい、からっ……」

キスだけで勃ち上がってしまっているのを知られるのは、さすがに恥ずかしい。けれどグイッと押しつけられた健人のそこも、同じくらい硬く大きく膨れ上がっていた。

「昂が可愛いからこんなになってるんだからな。恥ずかしがってもいいけど、それって俺を煽るだけだから」

にやりと笑った健人が、割り入れてきた脚でぐいぐいと擦ってくるから、その刺激でさらに高い声が出てしまう。

「ああ、んっ……それ、だめぇ……あ、あっんんっ……」

声が漏れると口を塞がれた。健人のキスは気持ちがよくて好きだ。とろりと溶けてしまいそうなくらい甘やかされている。体の力を抜くと、唇があらゆるところへ移動していった。くっきりとしていると褒められる顎のラインをなぞり、耳朶を食まれた。

「んっ……はぁ、んっ」

水音が直接鼓膜に響くのが、こんなに感じるなんて知らなかった。

寝間着にしているシャツの裾から健人の手が入り込んできて、直接肌に触れてきた。

「あっ」

皮膚の柔らかい脇腹を撫でられて、身を捩った。その手がどこへ向かっているのかを考えるだけで胸の先端が、きゅ、と硬くなってしまう。

「乳首、立ってる」

「……わなくていいっ」

デリカシーはどこに行った、と文句を言いたくなったけれど、言葉にされると余計に感じてしまうのも事実だった。

「ここ、気持ちいいのか？」

やわやわと肌をなぞる健人の指は意地悪く、触ってほしい場所をあえてよけている。

「や……、健人っ……」

「やだ、じゃないだろ？」

お前の言うことならなんでも叶えてやるから、と告げる笑みは大好きなものなのにどこか意地悪だ。昴にとっては全てが初めてで、ただ言いなりになるしかなかった。

「さ、触って……」

「ここか？」

と言いながら、と薄く平たい昴の胸を撫でてくるから、懇願するような声が出た。

「けん、と……」

涙目で見上げると、まぶたにキスをくれる。

「はい、ばんざい」

子供にするように服を脱がされて、恥ずかしくなった。あらわになった白く薄い皮膚を隠す前に、健人の唇が吸い付いていく。

「ぁ、っ……」

小さく体が跳ねるのと同時に、甘い吐息が漏れた。指とは違う滑った感覚に、全身が粟立っていく。肩に鎖骨に、ちりりとした痛みが走る。その度、赤い花びらが散るかのごとく、痕が残る。そしてずっと待ち望んでいた場所に健人の唇が辿り着き、じゅう、と音を立てて強く吸い付かれた。

「あぁ、っんっ……」

小さな突起を甘噛みされて、ビリビリとした感覚が全身に走った。自分の中心に熱が集まってしまうのを止められない。こんなところで感じてしまう自分はおかしいのだろうか。

右も左も、同じくらいいじめてほしくて昴は胸を突き出すように体を撓らせた。

「ここ、触ってほしかったんだろ?」

「やぁ……言うな、よぉ……」

「なんで? もっとしてほしいこと教えてくれよ。お前を気持ちよくしてやりたいんだよ」

可愛くていじめたくもなるけど、と笑う。

「やだ……いじめ、ないで?」

いじめられるより可愛がられたい。譫言のように呟けば、健人ははぁ、と顔を手で覆う。

「いじめねーよ。そんなこと、可愛すぎて無理」

と笑う。口を塞がれ、再び舌を激しく吸われた。親指と人差し指で小さな胸の突起を摘まれて引っ張られる。その度に体が揺れてあ、あ、あ、と声を上げた。

「ふっ……んんっ……ああ、んっ」

そしてまた尖った乳首を口に含まれて、舌で転がされる。甘噛みされると痛みよりも快感の方が強く、昴はイヤイヤと首を振った。自分の髪が乱れ、汗で頬に張り付いていく。

「乳首、気持ちいいんだ?」

「ちがうっ……あ、あ……んっ……」

言葉とは裏腹に膨れあがった中心がいよいよ恥ずかしい。隠そうとすると、大きくて強い手で阻止されてしまった。

「だめ、隠すな」

全部俺のものだ、と言う健人の言葉に、キュンと胸が締め付けられた。

全てを剝ぎとられて、思わず背中を向けた。

「俺が見たいんだよ」

自分も服を脱ぎ捨てた健人が、背を向けていた昴を背後から抱きしめてくる。直接触れる肌が温かいだけでも感じてしまう。こんな風に人と触れあうのは初めての昴は、気持ちがいいと吐息を漏らした。

その相手が、健人で嬉しい。この人じゃなきゃ、イヤだとずっと思っていた。

うなじを吸われ、昴は小さく喘いだ。くすぐったさもあって身を捩って体を撓らせる。後ろから回された手に、乳首を捏ねくりまわされていく。

「や、ああ、っ……ん」

後ろから押さえつけられ、乳首と首筋や背中を攻められて、悶えることしかできない。そしてもう片方の手で、硬く反り上がった中心を撫でられた。

「あああっ……あ、あ、あ、っ……」

先端の割れ目を指で擦られながら、乳首もつねられる。両方からの刺激にたまらず体をくねらせると、薄い肉付きの双丘に、熱く硬さを持った健人のモノが押しつけられた。

「あ、……健人の、すごい、よ……」

そんなの入らない、と首を横に振ると健人がくすりと笑ったのが分かった。

「いきなり入れたりしねぇよ。お前のこと一つも傷つけたくねぇし」

今日は気持ちよくするだけだから、と硬いものを擦りつけられた。

「ちょっと冷たいけど勘弁しろよ」

健人がサイトテーブルの引き出しからボトルを取り出し、ポンと蓋を開けて昴の股に垂らしてくる。

「あ、っ……」

たらりと垂らされたローションの冷たさすら刺激となり、昴は小さく声を上げた。

横向きになったまま、後ろから突き入れられるような体勢になった。ローションでぬるぬると滑る太股に健人の熱く硬いものが入り込んでくる。

「足、閉じて力入れて」

もはやなにも考えられず、言われたとおりに足を閉じた。ぬちくちゅ、といやらしい音をさせてゆっくりと健人が抜き差しをしてくる。

「あっ……健人、ばかっ……あ、あ、あ」

「昴は、可愛いな……」

笑うと同時に滑ってきた手で揺れる中心を握られる。

「あ、あ、あっ……だめ、んっ……」

中心を扱かれながら、健人の硬いそれで裏筋を刺激される。気持ちがよくて頭が真っ白になりそうだった。

「気持ちいいだろ?」

そのうちこっちも気持ちよくしてやるから、とずるりと抜け出した硬いものを双丘に擦り付けられて、昴は小さく震えた。

奥の奥をこの硬いもので突かれたら、どんな風になってしまうのだろう。考えるだけで体の奥が濡れるような感覚に陥っていく。その証拠に昴の中心はヒクヒクと揺れ、あっという間に白濁の精液を吐き出していた。

「気持ちよかったか?」

「いう、なっ……」

もっと気持ちよくなっていいよ、と耳元で囁いた健人が、再び太股に硬直を差し込んで腰を揺らした。

「ああ、あ、あっんっ……あぁ、ん」

中心を扱かれ、快楽を逃したくて背中を反らす。すかさず健人の指が摘まんでは捏ねるから、たまらなさに指を噛んで声を殺した。

「声、我慢するなよ。可愛くてたまんねぇから」

ぬちぬちといやらしい音を立てて、何度も上下に扱かれ、苦しいほどの快楽に健人を振り返る。

「だめぇ、も、イッちゃう、イキ、たいっ……あぁん、けんとぉ……ふっんん」

少し苦しい体勢で口を塞がれる。扱く手の速さが増すにつれ、太股を行き来する健人の動きも激しくなっていく。

「あ、あ、あっだめ、イく、あああっあん――」

ひときわ強く擦られて昴は目の前が真っ白になった。ビクビクと小さく体を揺らしながら、健人の手の中に二度目の白濁の液を吐き出す。

「もう少し、付き合ってくれ」

そう言った健人は昴の唇を塞ぎ、腰を強く揺らしたかと思うと叩きつけてきた。

「んっんん、ふぅ、んっ……」

ぐちゅぐちゅとローションの音が卑猥で、耳でも犯されているみたいだ。そんなことを考えていると、また中心が頭をもたげてしまいそうだった。

「け、んとぉ……あ、あ、あ……」

喘ぐ昴の顔へ欲望にまみれた視線を向け、健人は腰を数回突き入れると、小さく息を呑んだ。ギュッと強く抱きしめられ――太股に温かい飛沫を感じた。

恥ずかしかったけれど、初めて恋人としての幸せを噛みしめた時間だった。

8

タンタン、と一段ずつ階段を上がってくる音が、振動で分かる。登りきったかと思うと走り出す気配がして、隣の部屋のドアが開いた。

「すばるいない！　またけんとのおへやだ！」

その声で目を覚ました昴(すばる)は、小さく笑う。

「怪獣が、来る……」

隠れるように布団をかぶる。隣で寝ていた健人(けんと)も目を覚まし、一緒になって潜(もぐ)ってきた。

「おきてー！　うえいくあっぷ！」

バン、とけたたましくドアが開いた。けれど昴と健人はじっと身を潜(ひそ)めている。二人がなにか反応してくれると思ったのだろう、玲央(れお)がしばらくこちらの様子を窺(うかが)ってベッドのそばに寄ってきたようで、健人がもぞりと動いてしまう。

「動いちゃダメだって……」

小さな声で囁(ささや)くと、笑いを堪(こら)える健人の顔が間近にあった。衝動的に無精(ぶしょう)ひげでザラつく顎に軽く唇を当てる。それに対して健人もキスを返そうとしたときだった。

「おきて――‼」

大きな声と同時にドスン、と衝撃を受けた。玲央が布団に飛び込んできたのだ。そのせいでキスをし損ねた上に額同士がぶつかって、「いてっ」と顔を見合わせて笑う。その声を聞いた玲央が面白がって飛び跳ね続けるから、苦しくなって思わず布団から顔を出した。

「おきた！」

「おはよう玲央」

「ぐっもーにん！」

健人も起き上がると、玲央が「いっしょにねてるのずるい！」と二人の間に割って入ってくる。

「またれおなかまはずれ！」

けんととすばるばっかりずるい、と頬を膨らませてすねる姿が、また可愛らしい。

「今度三人で寝よっか。バイトが休みの日なら玲央が寝る時間にいるしね」

昴の言葉にあっという間に笑顔になって「れおまんなかでねるの！」と張り切っている。

「ぜってー蹴られるじゃねぇかよ……」

寝相の悪いお子様に蹴りを食らうのは、一緒に寝るものの宿命だ。そこは健人に諦めてもらうしかない。

最近はほとんど毎日司波家に泊まっていて、どこで寝るのか選ぶのが玲央は楽しいようだ。昴と一緒に二階の客間で寝たり、さっきはすねていたが三人で寝ることもある。真奈美の部屋に潜り込んだりもする。けれど何より昌子の部屋で寝るのが一番安心するらしい。他の部屋で寝ていても最後には「ばあばのところにいく」と出て行ってしまうこともしばしばだ。もうそろそろ一人で寝られるようにしなければならないと思うけれど、両親を亡くしわがままを言えないこともあるだろう。そう考えるとまだ甘えさせてやりたい。

「れお、けらないもん」

ばあばとねんねするときはいいこだもん、と胸を張って健人に「俺の時もいい子で頼む」とお願いされていた。

すると、一階から真奈美の声が聞こえてきた。朝食の準備が出来たようだ。

「ごはん！」

早く降りてらっしゃい、という下からの呼び声に、いの一番に飛び出していったのは、もちろん玲央だ。

「すばるもけんとも、れっつごーよ」

振り返って念を押して、「ばあば、たまごやきあるー？」と叫びながら階段を一段ずつ降りていく。

「朝から元気だな……」

「だね」

嵐が過ぎ去ったと肩をすくめた健人は、「おはよ」と昴の唇を軽く啄んだ。

おはようの挨拶が、当たり前になってきた今日この頃。思わず顔が綻んでいく。寝起きで乱れた髪を撫でられもう一度キスをすると、幸せすぎて怖いなんて思ってしまう。

健人と恋人になれたのは、奇跡に近い。それは、すごく嬉しい。けれどこの関係がみんなに受け入れられるものではないと分かっている。なにより昴が怖いのは、真奈美と昌子に拒絶されてしまうことだ。それだけは、避けたい。まだ自立し切れていない昴にとって、司波家の助けはまだ必要なのだ。自立できていれば、二人に本当のことを話したいけれど、今はまだその勇気がなかった。仲がいいのは昔からだし、二人の関係が変化しているとは思っていないだろう。

自分のセクシャリティを、兄にすら言えなかった。簡単に打ち明けられたらどんなに楽だったか。けれど、いつかちゃんと話して認めてもらいたい。そのためにも、早く心も大人になりたいと焦ってしまう。

昴が悩んでいるのと同じようなことを、健人もかつて悩んだのではないだろうか。今はとてもいい関係に見える家族だけれど、昴が知らなかっただけで、いろいろあったのかもしれない。

そう思ったら胸が痛くなった。健人は苦しみや悲しみはうまく隠してしまうから、分からなかった。それを強さだと思う反面、不器用だなと思う。

　こんなにも昴の心を揺さぶる相手は健人しかいない。彼のことを思うと胸の奥がざわつくのと同時に温かくもなる。いろんな気持ちがないまぜになって感情を抑えられなくなってしまう。まさにこれが、恋なんだろう。

　自分の感情が溢れてしまいそうになってたまらずにギュッと健人を抱きしめた。

「お？　なんだ？　朝からやる気か？」

　突然の抱擁を茶化しながらも、その声は存外に切なくも甘い。甘やかされていると感じられる満たされた朝の日常は、もうなくせないものだ。

　心も体も全部健人のものにしてほしい。そうずっと願っているけれど、まだそれは果たされていない。

（いつか、最後までしてくれるかな……？）

　そんなことを朝から考えている自分が恥ずかしくて、誤魔化すためにもう一度強く抱きしめる。

「そろそろ下に降りないと、玲央か真奈美の雷が落ちるな」

　ポンポンと背中を叩かれて、健人の温かい腕が離れていく。昴は笑みで誤魔化して、

「だね」とベッドから降りる。そして一日が始まった。

玲央を幼稚園バスの停留所へ送り終えると、昴もバイトに向かう。事件以降、健人の過保護に拍車がかかった。バイトも健人が送っていくと譲らないのだ。それじゃコンビニすら一人で行けないと抗議した結果、行きは明るい時間だからいいけど、帰りは必ず迎えに行くから連絡するというところで落ち着いた。それだけ心配をかけてしまったのだと、昴も自覚するようになった。健人だけではない。昌子も真奈美にも心配をかけないようにしたい。健人の過保護も、今はもう卑屈に捉えなくていいのだと思ったら、すんなりと受け入れられた。

いつもの道だけど、車や人影に注意しながら歩く。バイト先は徒歩で十分程度なのに、着く頃にはなんだか体が重たくなっていた。

（……調子悪いのかな……）

朝起きたときは不調は感じなかったのに、と手で自分の首筋に触れてみる。

（熱はなさそう）

これなら大丈夫そうだとスタッフルームで着替えをしてから、在庫を保管しているバックヤードに向かう。すでに女性スタッフの一人が来ていた。「おはようございます」と声をかけると、そのスタッフは昴の声に苦笑して振り返った。なぜそんな微妙な表情をしているのか、すぐに分かった。

「今日も盛りだくさんだね」

「ですね……」

目の前には高く積み上げられた段ボールの山があった。あまりの量に、ははは、と乾いた笑いが出てしまう。

「気合い入れて片付けるしかないね。叶くん、こっちの山お願いね。私はこっちから片付けるわ」

「了解しました」

よし、と気合いを入れ直すと、品出しの分担を決めて作業に取りかかる。週明けで欠品していた商品が山のように届いたおかげで、忙しさに拍車がかかる。分かっていたけれどこれは多いぞ、と段ボールの山と格闘を始めた。

「これとこれは補充して、こっちは新しくブース作らないとだめかな……」

商品を振り分けてまずは補充だと、店内での作業に向かう。平日の午前中はお客の数は少ないものの、こういった作業があるので忙しい。昴が商品の補充を行っていると、一人の客が展示品のソファに座っているのが目の端に入った。男性は夏も近いのに青いニット帽をかぶっている。

(購入検討中かな?)

昴が勤めている大手雑貨チェーンは、生活雑貨はもとよりソファやテーブル、収納家具も取り扱っているので展示品もある。昔からここの商品が好きで、バイトの募集に飛びついたのだ。シンプルで使い勝手がよく、健人の部屋に置いてあるローソファも、もちろんここで購入したものだ。

買うときに何度も通って健人と相談したな、とソファを試(ため)している男性を見て思い出す。男性は、ひどく疲れているのか暗い雰囲気なのが気になった。とはいっても大勢の客の一人だ。仕事をしているうちに、男性客のことはすっかり忘れてしまっていた。

休憩を終えて午後になると、体のだるさが一層ひどくなってきた。ただ熱もないし、他の風邪症状も一切出ていない。単なる疲れだろうと思うことにして体を動かした。夕方になるにつれて客足が増し、忙しくなったおかげで、不調を気にしている余裕もなかった。閉店を知らせる音楽が流れてきた途端、どっと体が重くなり「疲れた」と溜息(ためいき)が零(こぼ)れる。最後の見回りをしていると、さっきの客がまだソファに座っているのを見つけた。

(あの人、朝からずっと座ってたの?)

もしくは、何度も来店するくらい悩んでいるのだろうか。確かに安い買い物ではないので、時間をかけて検討する気持ちもよく分かる。ならば声をかけてみようかと思ったときにはもう姿は消えていた。

(あれ……?)

ほんの一瞬目を離しただけだったのに。

した。


（もしまた来たら声かけてみよう）

バイトだけれど売り上げに貢献できるのは嬉しいし、売れたときには達成感もある。モチベーションにも繋がっていくから頑張ろうと、自分に言い聞かせながら閉店作業を再開した。


「疲れた～」

迎えに来てくれた健人の車に乗り込むと、開口一番そんな言葉が出た。重たくなった体をシートに納め息を吐き出すと、頬を手の甲で撫でられる。

「お疲れ。忙しかったみたいだな」

優しく労る手に頬をすり寄せれば、重たかった体がスッと軽くなる気がした。

「健人は俺の栄養剤みたい」

「なんだそれ」

健人は笑っていたけれど、本当のことだ。健人の存在が昴を元気にしてくれている。疲れていた体も健人と一緒にいるだけで、安心できるのだ。

「疲れを取りたかったらちゃんと飯食え。お前は細すぎるんだよ」

腰骨が当たる、と言われ、何のことだと首を傾げた。にやりと笑った顔に遅れて言葉の意味を理解して、顔を赤くした。

「このエロオヤジ！」

運転している健人の脇腹にパンチを入れると、痛(いて)ぇな、と笑う。けれどやっぱり体が重くてまたシートに体を預けた。

「なんかだるいから、今日は自分ちに帰ろうかな……玲央のこと、お願いしてもいい？もしかしたら風邪引いてるかもしれないし、みんなに感染(うつ)したら悪いから」

ご飯も持って帰って食べる、と言うと、コツンと頭を突かれた。

「そんな遠慮はいらない。むしろ具合悪いのに一人でいられる方が気が気じゃない」

「けど……」

「俺たちに心配させたくないんだろ？」

それを言われてしまうと、言い返せない。心配させまいと取った行動が、ことごとく裏目に出たことがあるからだ。

「朝起きてお前が家にいないと玲央が心配するぞ？」

昴が素直に頷(うなず)けるように「俺にあの怪獣を一人で相手しろと？」とおどけてくれる。さりげない優しさがありがたかった。

「……うん。じゃあ、今日は大人しく客間で寝る……」

「俺はそんなヤワじゃねぇから一緒でもいいけどな」

「感染したら……いやだから寝ない」

「寂しいこと言うじゃねぇか」

我慢する、と力なく答えると、くしゃりと頭を撫でられた。その手が労りに満ちていて、ホッと息を逃がす。

薬を飲んで、ゆっくりと休めばきっと治るだろう。このときは安易にそう考えていた。

9

たいしたことないと思っていた体調は、緩やかに下降していた。明確な症状が無いので病院に行く気にもなれず、ゆっくり眠れば治ると思っていた。ただ体がだるい。それだけなのだ。気圧の変化が体に影響すると知って調べてみたものの、よく分からなかった。むしろバイトの日に症状が強く出るように思う。体力不足なのかもしれないから、治ったら運動しようと決意する。

　事件があってからシフトを減らした代わりに、一回で長時間働けるようにしてもらっている。店長は昴の家庭の事情を知っているので、色々と気遣ってくれてありがたい。まさか慣れないシフトのせいで、体に不調が出てしまったのだろうか。けれど健人のアシスタントの方が体力的には厳しい時もあるから、それも違う気がした。

（これ以上悪くなるようなら、さすがに病院に行かなきゃ……）

　感染る病気だったら困るし、これが続くようなら、玲央の面倒を見られなくなってしまうかもしれない。そうなって司波家に迷惑をかけてしまうのも嫌だ。

昴は今日もバイトで、店内の作業をしていた。シフトは早番だったが、まだ仕事を始めたばかりなのに、すでに体が重い。

(ほんと、なんだろうな……あとで栄養ドリンクでも飲もう)

ふと展示品のソファに目へ向けると、青いニット帽の男が座っているのが見えた。

(あの人……一週間前も座ってた人だ)

今度こそ声をかけてみようと、昴はその人に近づいてみる。それと同時に背筋がぞわりと震えた。すごく寒い。熱でも出てきたのだろうか。栄養ドリンクじゃなくて風邪薬を買うべきかと思いながら、その客に声をかけた。

「いらっしゃいませ。そのソファ、気に入られましたか?」

昴の声かけに、男性はぴくりと体を揺らしたものの、下を向いたままこちらを見ようとしない。頭にはこの前と同じ青いニット帽。しかも夏用の綿素材などではなく、ウールで冬物なのが気になった。

(あー……話しかけられるのイヤなタイプだったかな……にしてもニット帽は暑くないのかな?)

失敗したかもしれない。昴は笑顔を浮かべながらすぐに移動した。その瞬間、男が顔を上げたような気がした。

この手のタイプは、しつこくしたら余計に嫌がるだろう。うまくいけば販売に繋がるところだが、これればかりは仕方がない。すると向かいから歩いてきた女性スタッフが怪訝な顔をしながら近づいてきた。

「どうしたの？　顔色悪いよ？」

指摘された途端、ずしりと鉛が乗ったように体が重たくなっていく。

「え……なんだろ、体がすごいだるくなって……きたかも……」

思わず零すと、早退したら？　と心配させてしまった。

「ありがとうございます。ダメそうなら迷惑かける前に帰ります」

「うん、なんか最近ちょっと痩せたかなって思ってたからさ〜。気をつけて」

昴は気をつけます、と無理矢理笑顔を作る。

（やっぱり病院行こう……）

今までに経験したことのないだるさだし、原因をしっかりと見つけた方がいいだろう。

「あ、そういえば二回くらい同じ男性がソファに座ってたんで、購入検討かなって思うのですけど、声かけられるのは苦手なのかもしれないので、気をつけてもらえますか？」

もしくは、いかにもアルバイトな昴では安心して相談できなかったのかもしれない。

「ほんと？　どの人」

まだ座っているだろうかと振り返ったが、ソファには誰も居なかった。

（また帰っちゃったのか……）

先週も振り返ったときにはもう居なくなっていた。

「この前もソファに座ってたんで、見かけたら教えます」

「了解～。本当に大丈夫？」

よほど顔色がよくないらしい。心配してくれる女性スタッフに「ありがとうございます」と無理やり笑顔で返事をすると、重たい体を引きずって仕事を再開した。

購入検討の客なんて他にもいるのに、どうしてあの男性客が気にかかるのだろう。

（……なんか、変だな……）

顔をはっきり見たわけでもなく、青いニット帽が印象に残っているだけ。こんな日中にフラフラしているということは働いていないのだろうか。

どこか拭えない違和感がある。誰か他の人も見ていないだろうか。昴は昼の休憩時間が重なった男性スタッフに、ソファの男性客について聞いてみた。

「午前中、展示品のソファに座ってた男の人、知ってます？」

食事を摂りながら、話を振ってみる。返ってきたのは予想外の答えだった。

「えー、俺見たことないわその人。ずっと座ってるの？」

そう返されて昴は内心で驚いていた。彼とはシフトがよく重なるので、見ていないはずはないと思ったのだ。

「青いニット帽かぶってる男性なんですけど」

「うーん、わかんないなぁ……その人が、どうしたの？」

「最初声をかけたときは聞こえなかったのかもしれないんで、もう一回チャレンジしたんですけどダメだったんですよね……購入希望だったら他の人に接客お願いした方がいいかなって思ったんですよ」

「これから気をつけてみるよ」

と、請け負ってくれたのでとりあえずは安心だ。

あとから休憩に来たスタッフにも聞いてみたが、やはり知らないと言われてしまう。

（まさか俺しか、見ていない……？）

ゾッとなって背筋が冷えた。その途端、どうにか動けていた体の重さが限界まで鉛を乗せられているような辛さに変わる。

「おい、大丈夫か？　なんか顔真っ白だけど……」

返事をするのも億劫なほど力が入らない。

（なんだ、これ……）

明らかにおかしい。

「もう帰った方がいいぞ。ちょっと店長呼んできてやるわ」

もはや無理してでも頑張れる状態ではなかった。昴は「すみませんお願いします」と伝えると、たまらず椅子に腰かけた。

「つら……」

最近、こんなに体調を崩したことはなかった。発熱したのは兄たちを亡くし、事故の処理や葬儀が落ちつき、一気に疲れが出たとき以来だ。椅子にもたれかかっていることすら辛い。スタッフルームに店長が入ってきた。昴を見た途端、驚いた声を上げる。

「昴くんほんとだ、顔真っ白だよ大丈夫？　今日はそんなに混まないと思うからこのまま帰っていいからね」

素直に甘えざるを得ないほど、体調は思わしくない。

「すみません……迷惑かけてしまって……」

「大丈夫だからゆっくり休んで治しておいで」

「……ありがとうございます」

「具合悪いときはお互い様だから。俺も辛いときは我慢しないで休むからさ」

そのときはよろしく頼むね、と言ってもらえて気持ちが軽くなった。けれど体はいっこうに楽にならない。再び背筋に寒気が走って、なぜかソファに座る男の姿が浮かんだ。男について考えた途端、目眩と共にぐらっと体が傾いでしまう。思わず椅子から倒れ落ちそうになったところを、店長がとっさに手を差し出して支えてくれた。

「早く帰りなさい」

「はい……」

と力ない声で答えたところで、他のスタッフに呼ばれた店長は「気をつけて帰るんだよ」と最後まで昴を心配しながらスタッフルームを出ていった。昴は手にしていた携帯でメッセージを健人に送る。

【具合悪くて早退することになった。動くのが辛い。悪いけど迎えに来てもらえる？】

健人にも予定があるのに申し訳ないと思いつつ、送信するとすぐに返事が来た。

【大丈夫か？　今すぐ迎えに行くから、そこで待ってろ】

健人が来てくれる。ホッとした途端、冷たくなっていた体が少し温かくなった気がした。

言葉通り、健人はすぐ迎えに来てくれた。こんなときは家が近くてよかったと思う。店に着いた健人は昴の顔を見た途端、表情を険(けわ)しくする。

「お前……なんだその顔色。まっちろいぞ」

そっと触れてくる手が温かくて、自分の体が冷え切っているのを改めて痛感する。

「うん……そうみたい。朝は全然平気だったんだけど……」

体が辛い、と弱音を零した。

「鞄(かばん)、持ってやるから」

あっという間に鞄を奪われ、「帰ろう」と促(うなが)される。裏の通用口ではなく、駐車場に近い店内を通って外に出ようとしたときだった。例の男がソファに座っていた。

「また、来てる……」

それなのに近くのスタッフは気づいていない。男が座っているにもかかわらず、ソファのズレを直すと、立ち去ってしまう。

「……見えて、ないの……？」

怖くなって先を歩く健人を呼ぼうとしたときだった。男が初めて動いた。ずっと下を向いていた顔が上がっていく。

「っ……」

ぎぎぎ、と軋んだ音を立てそうな動きに、生きている人間ではないのだと知る。とっさに声が出せなかった。立ち止まった昴に気づかない健人は、どんどん先に行ってしまう。

（いかないで、健人……おいてかないで……）

こっちを見つめる男の窪んだ目は、空洞のように黒くて澱んでいる。それなのに口元が笑っていた。大きく歪んだ笑みに身の毛がよだった。体が細かく震え始め、昴は抗えないほどの重力に、圧しつぶされて膝が折れそうになる。

「昴、大丈夫か⁉」

ようやく気づいた健人が、急いで駆け寄ってくる。体を支えられると、少しだけ体が楽になった気がした。

「はやく、帰りたい……ここに、いたくない……」

そう懇願すると「摑まってろ」と健人に抱えられる。昴はそれに甘えて駐車場へと向かった。


健人に迎えに来てもらったあと、昴は司波家のベッドで横になっていた。いつの間に眠ってしまっていたのか、玲央が幼稚園から帰ってきていることにも気づかなかった。目を開けると玲央が心配そうに覗き込んでいた。

「すばる、だいじょうぶ?」

昴の額を触ろうとベッドサイドから手を伸ばしてくる。「おねつないね」と自分のおでこと比べてみたりしている。玲央まで心配させてしまい、自分が情けなかった。

「おかえり、玲央……今日のお弁当、美味しかった? 幼稚園で今日はなにしてきたの?」

横になったまま力なく玲央に話しかけると、よいしょとベッドによじ登ってくる。そして布団の上で横になった。どうやら添い寝してくれるらしい。

「あのね、きょうははんばーぐだったの! ちーずはいってておいしかった! あとねあとね、こーくんとすべりだいできょうそうしたの。よーいどんで!」

おひるねしておうたもうたった、と報告してくれる。楽しかったようでなによりだ。その話を聞いているだけで、元気になっていく感じがした。

起き上がらないままの昴に、玲央がまた「だいじょうぶ?」と聞いてくる。

「すばるどっかいいたい?」

寝ている昴を布団の上から抱きしめようとしてくれる。玲央の体でそれは叶わないけれど、どうにかして守ろうとしてくれている姿に涙が出てしまいそうだ。

「大丈夫、どこも痛くないよ。ありがとう。玲央の顔見たら元気になってきちゃった」

言いながらも、おかしなものを見てしまったショックが消えない。体調不良もいわゆる霊障なのかもしれない。そのせいで玲央の優しさが、泣けるほど嬉しい。

思わず、ほろりと涙が零れてしまった。それを見た玲央が、「いたいのいたいのとんでいけ!　レオがたすけてあげる!」と一緒に泣き始めてしまう。

小さな体を抱きしめると、その温かさがたまらなく愛(いと)おしい。

「玲央が、優しいから、涙が出ちゃったよ」

けどもう大丈夫だよ、と泣き笑いを見せると、「ほんと?」と顔を近づけてくる。そしていつも健人がするように、昴の頭をくしゃくしゃと撫でてくる。

「レオね、なでなでされるのすきなの。だからすばるがげんきでるようになでなでしたげる」

加減が分からない玲央が、昴の髪を力強くかき混ぜる。これ以上、心配をかけまいと、無理やり体を起こして膝の上に玲央を抱っこする。

「玲央おかげで治ってきたかも」

「レオのおかげ！」

そう言われたのが嬉しかったようで、ご機嫌になった。

「もう少しだけ寝たら、遊ぼうね」

それまでは健人と遊んでて、と告げると、「はーい」と部屋を出て行った。

玲央に元気をもらえたのは本当だ。ただ、今はもう少し横になっていたい。玲央がいなくなると、またすぐに体が重たくなる。昴は意識を失うように眠りについた。

10

どのくらいの時間、眠っていたのだろうか。温かい手が頬や頭を労るように撫でている。健人だと分かっているのに、まだ眠くて目が開けられない。

（なんだろう……？）

健人に触れられるのは、好きだ。それなのに今日は心とは裏腹に気持ち悪い。健人の手の動きに合わせ、体の中を虫でも這い回っているような不快さがある。触れられたいはずが、その手から逃げたくなった。

「反応してんな……」

健人は昴が寝ていると思っているのだろう。独り言を呟きつつ、触れてくるのをやめない。

（寝かせてほしいのに……）

なんでこんなに嫌悪感を覚えてしまうのだろうか。自分で自分が理解できない。

勝手に体が逃げようとして身じろぐと、「うぅ……」と小さく呻いてしまった。

「やべーかな……」

なにが、と聞きたくても、やはりまぶたが重たくて開けられない。起きることを阻止されているみたいだった。

健人が携帯をいじる音が聞こえてくる。どこかに電話をかけているようだ。

「もしもし、緑（みどり）か？　ちょっと来られるか？」

（なんで、緑さんに……）

健人が彼を頼りにしていることは事実で、自分では助けになれていないのが悔しくて――だからどうしても緑の存在に嫉妬してしまう。そんな自分もイヤだった。

「……ああ、すぐだ。早く来てくれ。お前から渡されたやつに反応してるからちとやべーわ」

携帯を切る気配がするなり、ベッドの縁に座ったらしくスプリングが揺れる。

緑は医者でも何でもないのに、呼ぶ必要があるだろうか。

（あれ……？　体が、動かない……）

今度こそ起きようと瞼（まぶた）を押し上げた途端、違和感が走る。さっきまで身じろぎできた体が、まったく動かない。だるいとか重たいとかそういうレベルではなく、脳からの信号が伝わっていない。唯一動く目を巡（めぐ）らせれば、部屋を照らす夕日の中、ベッドに座っている健人が見える。

(健人っ……)

呼んでいるつもりなのに、口が動いてくれない。

(なんだこれ……もしかして、金縛り?)

目を動かして自分の体を見れば、黒い靄みたいなものがまとわりついている。健人が体を触ることで、それを追い払っているように見えた。その度に昴の体の中で不快なものが動き回る。

しばらくしてやっと健人の手がいつものように心地よく感じ始めると、体の自由も戻ってきた。

「……け、んと……」

どうにか声を絞り出した。

「やっと起きたか眠り姫」

視線を遠くに投げていた健人は小さく溜息を吐いたあと、ホッとした表情を浮かべた。

「もうすぐ、緑が来るからもうちょい頑張ってくれ。寝るなよ」

「なんで、緑さん……なの?」

「俺じゃ無理。こういうのはあいつの方が本職だから」

本職とはどういうことだろうか。健人のアシスタントが仕事ではなかったのか。

「緑さん、の……仕事って……」

「祓い屋だよ」

聞こえてきたのは健人の声ではなかった。

「え……？」

いつの間にか到着していた緑が部屋の入口に立っている。中に入ってくると昴のそばに座っている健人を見下ろして言う。

「あれだけ気をつけろって言ったのに、なんでこんな状態になってるんだよ」

「しょうがないだろ。俺は専門家じゃねぇんだから」

二人のやりとりに、頭が混乱してくる。何の話をしているのか分からないし、再び体が重くなっていく。

「けん、と……眠い……」

また強い眠気に襲われていく。二人の話を聞きたいけれど眠ってしまいたい。

「健人」

緑に促された健人が、カメラを昴に向けてくる。眠いのになぜ写真なんて撮られないといけないんだ、と眉を寄せ、重たい体をどうにか動かした。

「や、だよ……こんなときに……」

顔を隠そうと布団をかぶるが剝がされてしまった。強引に写真を撮ろうとする健人を振り払おうとしても眠気のせいか力が出ない。けれどその手を摑まれて、無理矢理顔を上向

かされる。

「健人っ、やだってば」

いつもなら昴の気持ちを無視したりしないのに。健人らしくなくて、泣きたくなった。

「緑、助けろよ」

「まったく……」

溜息交じりに返事をした緑が、健人とは逆側に腰を下ろすと、どういうわけか昴はまた動けなくなってしまった。

「な、んで……？」

「ごめんね、キミの中の何かは、僕に抵抗できないんだ」

緑の言葉通り、体が言うことを聞いてくれない。今までにない経験に怖くなる。

「大丈夫すぐ終わるから」

その言葉を合図に、健人が数回シャッターを切る。

ずん、と腹の奥が重くなる。なんだこれ、と思っているうちに嘔気（おうき）が訪れて、昴は何度もえずいてしまった。緑の手が円を描くように擦（さす）り、最後に強く数回叩かれる。すると気持ち悪さがスッと消えた。

「……あれ？」

「すっきりした？　もう大丈夫だね」

緑に問われて頷くと、カメラを下ろした健人が大きく肩で息をする。

「頼むよ……お前、なにに憑かれてんだよ……」

「なに……どういうこと？」

「お前、取り憑かれてたんだよ」

——いったいなにに憑かれていたというのだ。

健人の言葉に、怖くなって自分の体を抱きしめる。

「も、もういない？」

体の中を動き回るぞわぞわとした気配はもう感じない。けれど確かめずにはいられない。

「首が一周しちゃったらどうしよう」

昔のホラー映画にそんなシーンがあったのだ。健人の服を掴むと緑がプッと噴き出した。

「笑い事じゃないのにっ……」

ひどいよ、と半泣きになっていると、「ごめんごめん」と口元を押さえている。

「もう大丈夫だよ」

「ほんと？　よ、よかった……」

ようやく安心した昴は、大丈夫だと断言する緑にもう一度聞いてみる。

「あのっ、緑さんって……見える人、なんですか？　祓い屋って……」

「そうだよ。だから呼ばれたの。これからキミに憑いてたものを封じたフィルムを持ち帰って祓う」

カメラからフィルムを取り出していた健人が、緑にそれを手渡す。

「そのカメラはなんなの？」

健人が昴を撮るために使ったのは、祖父の形見だというカメラだった。そのカメラがなんだというのだろうか。

「このカメラには力があるんだよ。俺はこいつを使うとはっきりと霊が見える。ついでにいうとそれを写すことで封じることができる、らしい」

さっき昴を写したのはそのためだったのか。

「他の人が触ってどんな影響があるか分からないから、人前に出さないようにしてたんだよ」

説明を受けながら昴は思い当たる節があり、居心地が悪くなっていく。触るなと言っていたのはそういうことだったのだ。

「お前、これロケんとき触っただろ」

ぎくりと体を揺(ゆ)らして、笑って誤魔化そうとした。けれどそれを許さないと健人が追及してくる。

「分かってんだからな」

すごんでくる健人の視線が痛い。そこに助け船を出してきたのは、緑だった。

「僕も見てたけど、あんな一瞬触ったくらいだったら、そこまでの影響はないと思うから、別の原因を探した方がいいかもしれないね」

「だな」

二人の会話に、ここまで迷惑をかけておいて本当のことを話さないのはダメだと昴は慌てて「あのっ……」と声を上げげた。

「じ、実は……あのあともう一回……触ってしまっていました」

「はぁ⁉　お前っ」

健人がそう言って立ち上がった。昴は怒られると思ってベッドの上を後ずさりする。

「ご、ごめんなさいっ……だって、あんなに触るなって言われたら……余計に気になっちゃって……それに……」

ちらりと緑に視線を向けると、なに？　というように首を傾げる。

「撮影の時、緑さんには渡してて……なんで俺はダメなんだろうって思っちゃって……」

思わず語尾が小さくなった。悪いことをして怒られる子供の気分だ。

「それでか」

健人は怒ってはいないけれど、呆れた声だった。

「ごめんなさい……」

「しょうがないね、ちゃんと説明しなかった健人も悪い」

「俺？」

　矛先(ほこさき)が自分に向いて心外だと健人が声を上げる。

「そうでしょ？　可愛い可愛い昴くんを守りたいからって蚊帳(かや)の外(そと)にしすぎたんだよ。ああ～、そうかこの前の撮影のときはまだくっついてなかったか……」

　ふふ、と笑う緑の印象がこれまでとは違って見えた。今までは表情らしい表情もなく、よそよそしさを感じていたけれど、本当はこんな風に笑ったりするのだ。そんな緑の言葉に健人はうなだれる。

「は～……、まあ、そうだな。昴にちゃんと説明しなかった俺が、悪いか……」

　二人の仲を誤解していたのは確かだ。そのせいで勝手に悲しんだり悔しい思いをしたせいで、こんな事態になってしまった。だから昴にも全部聞かせてほしい。

「いつからこういうことしてたの？」

　昴の質問に緑が答えてくれる。

「健人を引きずりこんだのは、カメラマンになってからだよ」

　肩を竦(すく)める緑は、今までより少し砕(くだ)けている。彼なりに気を遣って距離を置いていたからクールな態度に思えたのだろう。

「緑さんはずっとこの仕事、してるんですか？」

「本職は在宅のＣＧデザイナーをやってて、ときどき祓い屋かな」

祓い屋家業は口コミと、知り合いから回されてくる仕事を請け負っているのだという。

「それで健人はどうして手伝うようになったの？」

一番気になっていることを聞いてみる。いつからどうやって霊が見えるようになって手伝うようになったのか。それが気になっていた。まさかそんな力があるなんて、昴は知らなかったのだ。

「あ〜、それは……だな、」

と誤魔化そうとしている健人に、緑が溜息を吐く。

「いい加減ちゃんと説明しなさい。じゃないとずっと昴くんの悩みが晴れないし、隠し事をされ続けて愛想尽かされるかもしれないよ？」

ぐ、と喉を詰まらせた健人は苦い顔をしていた。

「健人のことだから、自分の力を知られたら気持ち悪がられるとか思って言えなかったんだろうけど逆効果だよね？　昴くん」

「それって隠すようなことなの？」

不思議な力を持っているなんて、昴はむしろすごいと感じる。健人がそこまで気にするとは意外だった。

「ほら、昴くんはそう言ってくれるじゃないか」

緑の突っ込みに健人はそうだけど、と溜息を吐く。

「昔、それでちょっと痛い目見たらしくてね」

図体はでかいのに臆病だよね、と健人の肩をぽん、と叩いた。

「あとは二人で話しなね。これは俺が預(あず)かるから」

緑はフィルムを持った手を振り、長い髪をなびかせながら部屋を出て行った。

二人きりになってなんとなく気まずい雰囲気が流れた。それを払いのけるように昴は健人に声をかける。

「いつから、見えてたの？」

昔から一緒に居たのに、全(まった)く気づかなかった。ベッドで上半身を起こしている昴の隣に、健人も入り込んでくる。並ぶと肩が触れて、その温もりにホッとできた。

「はっきり自覚したのは、大学に入った頃だな……じいさんのカメラを持つようになってからだ。俺自身はそこまで力が強いってわけじゃないから、普段はそんなに見えてねぇんだよ」

「それまではトラブルとかなかったの？」

「なかった、っつーか、気がつかなかったんだよな。うちさ、実はばあちゃんが無自覚だけど天然結界になるくらい気が綺麗らしい。だから実家を出るまでそれに守られてたみたいでさ」

昌子(まさこ)から感じる安心感は人柄のみならず、そこから来ている部分もあったのかと納得だ。

「実家から出て一人暮らしを始めるときに、じいさんのカメラを渡されて使うようになってから、変なもんが写り込むようになったんだよ」

「それって……」

特に夏場に、おもしろ半分で友達と盛り上がるアレ。

「心霊写真」

サイドテーブルに置いていた祖父の形見のカメラを、健人はそっと撫でた。

「さっきも話したけど、これで覗くと見えるんだ。たぶん、こいつ自体に力があるんだと思う。だから他の人がこのカメラに触って影響が出たらまずいなと思ってたんだよ」

これには触るな、と何度も釘を刺したのはそのためだという。

「不審者の話もあったし、スタジオだからアンティークのカメラがあると思われて、空き巣とかに入られてもやべぇし、それで自室に移したらまんまとお前に見つかるし……」

健人の気持ちも知らずに、緑への対抗心で余計なことをしてしまった。

「ごめんね……」

こつりと肩に寄りかかると、なだめるように頭を撫でられた。

「他のカメラでは写らないの？　仕事のとき困らない？」

「この形見のカメラで撮ったときだけだから、平気だよ」

昴が触って霊が見えてしまったように、所有者である健人もカメラの力で霊障が起こってしまうのではないかと心配になったのだ。

　もし何かあったとしても緑がいるからどうにかしてくれるだろうし、と健人は笑う。

　二人は元々高校の同級生で、その頃から緑に人外のものが見えることを聞かされていた健人は、このカメラがおかしいと気がついたとき、すぐに彼を頼ったらしい。

「そんで緑に相談したら、このカメラ限定で霊を封じられるのが分かって、あいつの仕事を手伝うようになったんだ」

　そしてお礼代わりにアシスタントをしてもらうことになったのだという。

「持ちつ持たれつってやつだな。俺もあいつが仕事に来てくれると助かるし」

　気兼ねなくこき使えるから、と笑う。

「すごいね……封印できるなんて」

「俺にはよく分からねぇけど、緑曰(いわ)くそうなるんだとさ」

　健人自身はカメラのレンズを通さなければ、霊体はぼんやりとしか見えず、だからカメラを使って封印しているという実感もそこまでないのだという。

　緑の説明を信用している健人に、どうしてもモヤモヤしたものを感じてしまう。

　二人の間に強い信頼を感じたのは、こういう経緯があったからなのかと納得できたけれど、やっぱり羨(うらや)ましい。昴とは違う信頼関係だ。こんなことを考えてしまうこと自体イヤで、早く自信が持てる大人になりたい。

昴を怖がらせたくないから、健人が内緒にしていたのは分かった。それとは別に気になった緑の言葉があった。

「さっきの緑さんが言ってた痛い目って、なに？」

昴の質問に健人が、「緑のやつ、よけないことを……」と毒づいた。言いたくないのだろう。それでも健人のことなら全て知りたい。ひとつも逃したくない。

「俺は、聞きたいよ。俺の知らない健人がいるのが……イヤだから」

知ってるつもり、なんてイヤだ。健人が昴のありのままを受け入れてくれるように、自分も受け入れたい。それに緑が知っているのに昴が知らないことが許せない。

長い腕が昴の小さな頭を抱き寄せる。そして「面白い話じゃねぇぞ？」と前置きをする。

「大丈夫。どんな健人でも大好きなのは変わりないから」

健人のこと好きなのは誰にも負けないよ、と言うと、健人も笑った。

「大学に入ってカメラを専攻したときのクラスに、撮りたいって思ったやつが居たんだ」

それだけ聞いて、昴はピンと来てしまった。昔、健人が部屋に連れ込んでいた綺麗な男の人のことだと。

「付き合ってたでしょ？」

昴の突っ込みに、健人が驚いたのが分かった。

「……なんで知ってる？」

「見たから。健人の部屋で二人がキスしてるところ」

「まじか……見られてたとは思わなかった……」

バツの悪そうな顔をしているけれど、だからこそ健人が本気で好きになった人なのだと分かる。そう思うとやっぱり妬けてしまう。

健人が写真を撮りたいと思った人。

昴はそんな風に言われたことがないから、どうしても比べてしまう。年上の健人が自分より経験が豊富なのは分かっている。年の差だけはいくら頑張っても追いつけない。

「綺麗な、人だったよね……」

昴と緑とも全く違うタイプだった。こんな自分でいいのか、また不安になってしまう。

「モデルだったしな……今は好みが変わったし」

うつむくとこめかみに柔らかいものが触れた。顔を上げると健人が優しい目で昴を見ている。

「だから面白くねぇぞって言ったのに」

「ごめん……ちゃんと聞くから、話して?」

そう言うと健人は意外そうに眉を上げて、分かったと頷いて話を続けた。

「課題の度に、そいつをモデルにした。いろんな挑戦をしながら自分だけの写真集を作りたくてさ。カメラもデジタルとフィルムを使ったりしてた。そんとき、こいつを使うと必ず違う誰かが写り込んでることに気づいたんだ」

撮ったときにいた人ではなかったり半分透けていたり、体の一部が写っていないとか、場合によっては血まみれだったり。ともかく人間ではないものだったらしい。

「しかも、あいつもこのカメラに触って、今回の昴みたいに霊を引き寄せたことがあって……」

そのとき、初めて緑に相談を持ちかけ協力してもらい解決したものの、事件以降、彼は健人のことを避けるようになったらしい。

「化け物扱いされたときは、さすがに俺も堪えたな」

「そんな……」

健人が悪いわけじゃないのに、と思わず口にすると、頭を撫でられた。

「結局、それが原因でそのあとすぐ別れたよ」

悲しい記憶を語る健人の背中はどこか小さく見えた。昴にもその切ない想いが伝わってくる。

「別れたとき、辛かった……?」

健人がその人のことをどれだけ好きだったかを考えると、胸が痛くなる。

「辛いってよりは……申し訳なかったな。怖い思いさせちまったなって」

自分も傷ついたのに、人のことを思いやれる優しさがある。そんな健人だから昴は好きになったのだ。

「けど、さすがに精神的には参って、そんなタイミングでなにか察したようにばあちゃんから電話がかかってきた。元気にしてるの？　大丈夫か、ってな。そんで実家に帰ったら、必ずお前が会いに来てくれて、無条件で受け入れられていることの喜びを感じたんだよ」

懐(なつ)かしむ表情には哀愁も含まれていて、当時の辛さが伝わってくる。

「自分はゲイだってカムアウトしたとき、勝手に気まずくなって家を出たんだよ。それでも時々帰ってこいって連絡してくれるから、ありがたかった。あのときはタイミングよすぎて泣いたわ」

眉を下げて笑う健人を抱きしめる。苦しかったとき、そばにいられなかったことが悔しい。もし昴が一緒に居たらこんな悲しい顔をさせなかったのにと、詮無(せんな)いことを思ってしまう。

「けど、悪いことばっかりじゃなかったよ。離れて俺は家族に愛されてるなって実感した。どんな自分でもとっくに受け入れられてたんだなって分かってからは、真奈美とばあちゃんには隠し事がなくなったよ」

その表情にもう憂(うれ)いはない。

健人にも分かってほしい。昴の気持ちを知ってもらいたい。

「俺は、不運だけど不幸じゃないよ。だってこうして健人やばあば、真奈美さんが大切にしてくれてるから。家族はもう玲央しかいないけど、それでも幸せって言えるから」

途端、苦しいくらい強く抱きしめられた。

広い背中に手を回して撫でると、肩に熱い吐息が触れた。息が詰まるのを感じながら、昴はただ身を任せる。

大好きな人が苦しんでいる姿は、もう見たくない。もちろん兄夫婦や両親も同じだ。けれどいくら望んでも、彼らは戻ってこない。ならば今、生きて隣にいてくれる人に全てを捧げたい。

「大事に、する……昴と玲央を、ずっと」

プロポーズそのものな言葉に、昴はギュッと抱きしめる腕の力を強くした。

「うん、俺も健人を幸せにしたい」

これから先、なにが起こるか分からない。後悔しないためにも今を精一杯生きていく。いつの日か、楽しかったねと笑って死んでいければいい。それが何十年も先であることを願って。

「おじいさんになっても一緒に居ようね」

「俺の方が年上だから、じいさんになったらお前が介護するんだぞ？」

「いいよ、健人のためならなんだって」

自然と顔が近づき、唇が重なっていく——と、思ったときだった。

「すばる、げんきになった？」

　バン、と思い切りドアが開いた。同時に玲央が飛び込んでくる。

「あー、けんとずるい！　レオもすばるとあそぶ！」

　とっさに健人を突き飛ばしてしまったのを、遊んでいると勘違いしたらしい。

「れ、玲央、今日はこーくんのところには遊びに行かなかったの？」

　誤魔化すように言いながら、ベッドによじ登ってくる怪獣を抱き上げ、膝（ひざ）に乗せて向かい合う。健人はその横でぶすくれていたけれど、こればっかりは仕方がない。まだ幼い玲央にいかがわしいシーンなど見せられない。

「こーくんちはいかなかったの。すばるがしんぱいだからみにきた！」

「さっき、具合悪いからそっとしとけってばあばに言われたくせに」

　ぼそりと健人が幼稚園児に突っ込みを入れる。

「ちがうもん、ばあばみておいでっていったもん」

　言い返しながらギュッと昴にしがみついてくる。突っ込まれたのが悔しかったのだろう、寝転ぶ健人を足で蹴（け）っていて、思わず笑ってしまった。

「いっぱい寝たから元気になったよ。じゃあ、少しだけお庭で遊ぼうか」

　早退して戻ってきたのは昼前だった。なんだかんだでもう日は傾（かたむ）いているが、庭で少し遊ぶくらいならいいだろう。

「うん！　けんと、すべりだいだして！」

やったー、と昴の膝から飛び降りると、一目散に部屋を出て行った。

「一時間だけだからね～！」

昴の言葉に「はーい」と返事がする。

「ぜってー、一時間じゃ終わらんだろ」

いい雰囲気のところを邪魔されて、まだふてくされている健人に「行こうよ」と手を差し出す。と、反対にぐいっと引き寄せられた。さっきできなかったキスを交わす。

「幸せになろうね」

「だな」

もう一度唇を重ねようとしたものの、「はやくー」と玲央の催促が聞こえてくる。

「いくか」

二人は立ち上がり、肩を寄せ合って部屋を出た。

11

自分の限界を知らない子供に付き合い、結局一時間では足らず、三人は夕飯に呼ばれるまで庭で遊びまくった。その後、みんなで夕食を食べお風呂に入った玲央(れお)は、あっという間に夢の中に落ちていった。昌子(まさこ)は玲央と一緒に寝てくれて、真奈美(まなみ)も今日は疲れたからと早めに就寝していた。

家中が寝静まった中、入浴を済ませて階段を上がる。

(さっきの続き……してくれるかな?)

少しだけ期待してしまっている自分がいる。この前も最後まではしてくれなかったから、どうしたらいいのか実はこっそり調べて予習したのだ。健人(けんと)と同じ気持ちだと分かったから、なおさら最後までしたい。だから今日は準備してきた。やる気満々な自分に羞恥(しゅうち)を感じるけれど、昴(すばる)だってまだ若い男子だ。性欲があってなにが悪いと開き直る。

(……俺だって健人と、ちゃんとしたい)

健人の部屋のドアをノックしたが、返事を待たずに部屋に入る。パソコンデスクについた健人は電話中だったのでローソファで待つことにした。

(緑さんっぽいな……)

会話の内容から相手がうかがえた。チラリと視線を走らせてくるので、どうやら自分の話をしているらしい。

(なんだろ……)

気になりながらも、髪の水気をタオルで適当に拭き取っているうちに通話が終わりそうだ。

「そうか……ああ、分かった。サンキューな」

話し終えた健人が立ち上がり、こちらに向かってくる。

「緑からだった。フィルムは無事に処理できたって」

昴の横に腰掛けた健人が、大したことなくてよかったと肩の力を抜くのが分かった。

「そっか……よかった」

自分に憑いていたものがもういないと分かり、昴も安堵の息を漏らす。

「今まで見たことも憑いたこともなかったのにな……」

「カメラに触った影響で、一時期的に見えただけだろうって緑が言ってた」

「じゃあ、しばらくしたら大丈夫ってこと?」

さすがにあんなものが日常的に見え続けるのは怖すぎる。

「たぶんな……」

「え、たぶんとか、怖いからやめてよ……」

そういえば取り憑かれてしまったとき、健人に触られるのがとても気持ち悪かった。あれはなんだったのだろう。

「健人、あの時俺になにかした？　すごい体の中がぞわぞわして気持ち悪かったんだよね……」

「あれは、これのせいだと思う」

そういって手首を掲げて見せてくる。

「お守りの役目をするからって緑から肌身離さず持ってろって、渡されたんだわ」

それは健人がずっと身につけているオニキスと水晶の数珠のようなブレスレットだった。

「これにそんな効果があるんだね」

「……らしいぜ？　俺も詳しくないから緑に任せっぱなしだわ。家に居る分にはばあちゃんいるし、特に問題ないからな……」

話している健人のブレスレットをそっと触ってみたけれど、もうゾワゾワすることもなかった。

「今度、お前のお守りも作ってもらうわ」

「俺は平気だよ。もういなくなったんだし……カメラにも触らないようにします。すみませんでした」

ほんとだよ、と額を突かれた。

「けどもうこれで送迎とかも、迷惑かけずに済みそうだからホッとした」

色々ありがとう、と告げると大きな手にバチンと両頬を挟まれた。

「そんなのは関係ない。危険がなくなったとしても俺はお前の送り迎えはするし、なにがあっても離す気はねぇからな」

俺が守るとばかりに、ぐいっと抱き寄せられた。その言葉が嬉しくて顔を上げると、そのまま唇を奪われた。

「ふっ……」

熱い舌が潜り込んできて言葉が続けられなかった。いきなり強く唇を吸われて力が抜けていくから、自分より一回り以上大きな体にしがみつく。後頭部を片手ですっぽりと包まれると、さらにキスが深くなった。

「んっ……ふっ……んんっ」

歯列をなぞられ、裏顎も舐められた。激しいキスに、それだけ自分を求めてくれているのだと思うと嬉しい。

何度も角度を変え舌を絡ませた。

(きもち、いい……)

もっと、と健人の首へ腕を回すと、長い指が髪を掻き乱してくる。地肌に触れる指にぞくぞくする。混じり合う唾液をすすられて、体の奥が痺れた。

「ふっ、……ん、あっ……ん、けん、と……」

口から零れる唾液を追って、健人の唇が顎から喉元を辿っていく。くすぐったさの中に違う感覚が生まれていく。

「あ、あっ……」

「あー……やべぇ、こんなに色っぽくなっちまって……」

可愛くてしかたがない、ドロドロにしたい——と低く濡れた声で囁かれて、また体の奥がジンと痺れた。

「……してよ……俺も健人を気持ちよくしたい」

自分から健人の唇を奪うものの、結局主導権は健人に握られてしまう。

軽々と持ち上げられてベッドに押し倒されると、上着を脱ぎ捨てた健人がのしかかってくる。すっぽりと包まれてしまうほどの体格差は、安堵感を与えてくれた。

「気持ちよくさせてもらうけど、いい？」

今日は最後までしてくれるということだろうか。

（準備、してある……って言ったら引くかな……？）

この前は昴を傷つけたくないと、健人は最後まではしなかった。気を遣ってくれるのは嬉しいけれど、やっぱり好きな人と繋がりたい。

「ちゃんと、したい……健人の、これ……入れていいよ？」

そっと手を伸ばして性器に触れると、健人が息を詰めた。

「っ……、こらいたずらすんな」

「なんで……？　俺も、健人のこと気持ちよくしたいのに……」

「それは、またあとでな」

にやりと意味深に笑った健人に再び唇を塞がれる。なめらかに動く舌がまるで生き物のようだった。

「ふっ、ん、んっ……んんっ」

たまらずに足を擦りあわせた。キスだけで昴の中心がズボンを押し上げてしまっている。けれどそれは健人も同じだった。昴の太股へ押しつけられた場所は硬く膨らんでいる。

（健人も、感じてくれてる……）

ならばもっと気持ちよくなってほしい。キスを繰り返し舌を絡めると、お返しとばかりに小さく尖っている胸の突起をシャツの上から摘まれた。

「んん、……あっ、あ……」

体が撓って喉元を無防備にさらしてしまう。じわじわと湧き上がる熱をどうにか逃がそうとするものの、長い腕がそれを許してくれない。腰を押さえられ、焦れた熱が体に蓄積されていくみたいだった。

そんな昴を見透かしているのか、健人が服の上から小さな突起を口に含んだ。少し強く歯を立てられ、身悶える。ちりっとした痛みすら、快感に変わっていった。

「あ、あ、あっ……」

視線を向ければ、愛撫されている状態を目の当たりにして興奮する。胸に吸いつく姿が子供みたいで、可愛くて思わず頭を撫でた。すると体を伸び上がらせた健人と、自然と唇が重なっていく。何度してもキスが気持ちいいのは、健人がうまいからだろうか。

キスの間に服を脱がされ、生まれたままの姿を晒す。子供の頃は恥ずかしくなかったのに、今は視線だけで感じてしまう。

「……そんなに、見ないでよっ……」

欲情に濡れた瞳は獰猛なケモノのようで、ぞくりと背筋が震えた。

健人になら、全部食べられてもいい。むしろ残らず食べてもらいたい。あますところなく味わってほしい。

あらわになっている性器が、ひくりと揺れた。完全に勃ちあがり、滴がとろりと陰茎を流れ落ちていく。

「あっ……」

体を捩って誤魔化そうとしても、何一つ隠せていない。見られているだけで感じてしまうなんて、おかしいだろうか。顔を両手で覆うと、その手も健人にはがされてしまった。

「なんで隠す？　どんな姿でも昴は可愛いよ」

全部見せろよ、と視線を合わせながら手首に口づけをする。舌で腕の内側をなぞられ、両手を頭の上でひとくくりにされた。長い指が体の形をなぞるように這っていく。

「や、あ……ん、ああ、っ」

白い柔肌を撫でられ、その刺激に体が震える。這い上がっていく指が、今度は直接乳首に触れた。

「あっ、そこ、だめっ……」

「ダメじゃないだろ？」

片手で先端を捏ねくり回され、もう片方は口に含まれた。封じられた手を解放してほしくてジタバタともがくと、あっさりと拘束が解かれてしまう。けれど胸を愛撫する手は緩めてくれなかった。

小さな突起を甘噛みされ引っ張られる。強く吸われて舌で転がされ、そのたびに細い体が魚のように跳ねた。

「そこばっかり、やだっ、健人っ、かんじ、ちゃうからっ……」

逃げを打とうとした身体は簡単に戻されてしまい、こんなときは体格差が恨めしい。

「なんで？　感じてろよ」

俺はその方が嬉しいけど、と笑う顔はとても得意げだった。それが悔しくて逃げると、今度は背骨の筋を辿るように、舐め上げられた。

「や、っ……」

どこにどう触れられても感じてしまう。肩甲骨の辺りを強く吸われ、肩を噛まれると、疼きがひどくなった。

「昴、腰上げて」

「え……」

なにをされるか分かっているからこそ、いたたまれない。ためらっている昴の腰を、大きな手が強引に引いてくる。薄く丸い双丘を突き出す姿勢をとらされた自分こそが、ケモノのようだった。

「もっと突き出して」

その囁きに抗えない。おずおずとさらに腰を上げると、健人の手が白く柔らかい尻を撫でた。

「きれいな、肌……」

健人の指が、誰にも触れられたことのない場所を撫でた。

「っ……あ、……」

襞を撫でられるだけで昴の中心がひくりと揺れた。先端からこぼれ落ちた滴がシーツを濡らすのが見えて、思わず枕に顔を埋める。

「けんと、……この格好、恥ずかしいよぉ……」

「大丈夫、全部可愛いから」

そういう問題じゃないと返したかったけれど、ローションをたっぷりと含ませた指が最奥に潜り込んできたせいで、言葉もかき消される。

「あ、ああ、いやぁ……だめ、っ……」

ぬち、といやらしい音を立てて、節くれだった指が入り込んでくる。

「柔らけぇ……昴、自分でやったの？」

問いながらも攻める指は止まらない。中をかき混ぜられて、答えたくても答えられない。

何度か頷くと、健人が大きな溜息を吐いた。

「ほんと、お前は……俺をどんだけ煽るんだよ」

含ませた指で再びかき回される。中でバラバラと動かされたら、もう堪えきれなかった。

「あ、だめっ、……ぐちゃ、って、しないでっ……」

甘ったるい声が漏れて、何が何だか分からなくなっていく。苦しいのか気持ちいいのかも分からない。ただ涙が溢れて止まらない。

「しないでっつってもしないと、これ入れられねぇから」

健人は指を含ませたまま、滾っている中心を双丘に擦りつけてきた。こんなに熱くて硬いものが本当に入るのだろうか。痛かったらどうしよう。でも健人は絶対に昴を傷つけることはしないと信じている。そう思ったら自然と力が抜けた。

「あ、あっ……ん、っ……けん、とぉ……」

もっと気持ちよくしてほしい。健人の指の動きに合わせて腰が揺れた。

「やらしくて、可愛いな昴」

健人の指が動くたび、自分の奥からする卑猥な音がどんどん大きくなっていく。鼓膜からも快感を刺激されて、また小さく体が震える。

「ひっ……んっ、やらしいの、だめ?」

涙目で振り向くと健人がこめかみにキスを落とす。

「可愛くていやらしくて、最高」

褒めてくれたと微笑めば、指がずるりと抜かれていく。

「ゆび、……ぬいちゃ、だめっ……」

体の中にできた空洞に不安になったが、今度は体を仰向けにされて足を大きく割られる。

入口に熱い中心を押しつけられた。昴の中心が期待でひくん、と揺れる。

「指の代わりに、これ入れてやるから」

膝裏をすくわれて、腰が浮いた。早くこの空間を埋めてほしい。もうそれしか考えられなかった。

「はやく、健人、の……おっきいのでいっぱいに、し……ああっ」

ぐじゅ、と泡立つ音を立てて、健人のモノが入り込んでくる。望んだ以上の質量のもので空間を埋め尽くされた。苦しくて息が詰まる。でも嬉しくて泣きたくなった。

「健人、と……繋がった」

へへ、と笑うと、健人も笑う。額から流れ落ちてくる汗を指で拭ってキスをした。体勢が苦しいけれど、夢中になって唇を貪り合う。

「全部、俺のモノだ」

健人がそう言って、また唇を重ねてくる。

（気持ち、いい……）

口も下も、健人で一杯になっている。実感したら指先までじんと痺れた。

ゆっくりと押し込まれていく。まだ全部納め切れていなかったのだと、健人の大きさを思い知る。

「んっ、……」

「痛く、ねぇか？」

むしろ焦れったいくらいだ。昴は脚をそのたくましい腰に巻き付けた。

「大丈夫、だから……ぜんぶ、入れて……ああっ！」

言った途端、ズンと強く穿たれた。電気が走ったように舌先までビリビリとして、息が漏れていく。

「やべー……昴の中、気持ちよすぎ……」

昴を抱きしめた健人が耳元で囁いた。

「ほんと？　俺も、すごい幸せ……」

口にした途端、言葉と連動するかのごとく、健人を受け入れた場所がさらに熟れていく。

体も喜んでいるのが分かった。

ゆっくりと揺さぶられていくと、体中に熱が広がっていく。暴れ回る熱を逃がしたくて
体がうねってしまう。

「あ、あっ……だめ、けんとっ……」

とろけていく体は正直だった。いっそう強く腰を叩きつけられ、高い声を上げてしまう。

「ひっ、ん……ああ、やぁっ……」

「や、じゃないだろ？　きもち、いい、だろ？」

穿ちながら問われ、昴は何度も頷いた。腰を引かれれば、彼を逃がすまいと熟れた粘膜
がますます絡みつく。浅い入口付近を何度も突かれると、もっとほしいと誘い込むように
襞がうねった。

「もっと、奥、して……健人ので、突いて……」

気持ちいい場所を突いてほしい。懇願する昴に、妖艶な笑みを浮かべて健人は舌なめず

りする。

「了解、泣いてもやめてやれないかもよ？」

体を起こされ、健人と向かいあって腰を落とす。自分の体重でいっそう奥まで健人の硬いモノを呑み込んで、さらに高い声を上げた。

「ああっ、だめ、深いっ……すごいよぉ……」

全てを開かされている。舌で涙を掬（すく）い取（と）った健人に、そのまま唇を塞がれた。体を揺さぶられるだけでダメだった。指先から足先にまで痺れるように快楽が走って、ただ抱きつくしかできない。

「ふ、んっ……ん、んっ……あ、あっ……」

鍛（きた）えられた腹に押しつけるように腰を揺らせば、挟（はさ）まれたモノが擦れた。

「あ、ああっ、きもち、いい」

もっと強い刺激を浅ましく欲してしまう。自分がこんなにいやらしいなんて、知らなかった。

「けんと、動いて、もっとして……」

「気持ち、いいか？」

うんうんと頷いた。健人の突き上げにあわせて、腰を動かしていく。

「ああっ、ひっん、……そこ、ダメだめっ……ん」

口を塞がれて、体を押さえつけられるともう我慢できなかった。

「健人、だめっ、もう……イク、イッちゃうよっ……」

しがみつきながら乱れまくった。自分でも分からないくらい腰を振り、双丘を鷲掴(わしづか)みにされ、もみくちゃに揉まれて呼吸さえままならない。

「あ、あっ……あああっ——‼」

目の前が真っ白になる。と同時に、びゅくびゅく、と精液を吐き出して健人の腹を汚す。

体に力がうまく入らない。健人にもたれかかると、再び押し倒されて膝の裏を掬われた。

「ま、って……けんと、だめ……まだ、イッてるか、ら……」

そう涙目で訴えるけれど、健人は言うことを聞いてくれそうになかった。

「言っただろ？　泣いてもやめてやれないって」

昴が抵抗できないのをいいことに、思う様に貪られる。

「あ、ああ、っん……や、だめ、ほんとに、だめっ……」

「悪い、こればっかりは無理だわ」

「あ、あ、ああっ……また、イッちゃう」

壊(こわ)れちゃう、と泣きついて、精液を少しだけ吐き出す。

「俺も、ヤバい……」

途端、激しかった動きが止まり、中が熱いもので濡らされていく。

健人の額に滴る汗を震える指で拭おうとした手を摑まれた。手のひらに口づけられて、まだ自分の中に残る健人を締め付けてしまう。

「このまま、もう一回」

ゆさ、と腰を動かした健人に、無理と首を横に振るけれど、しかし健人のものは力を宿していく。

「死んじゃうよ……」

昴の言葉に健人が眉を寄せる。

「死なさねーし、天国を見させてやるよ」

「オヤジっぽいそれ……」

と笑うと、唇に嚙みつかれた。

「おっさんなのは確かだけど、お前より体力はあるぞ?」

その体力差は思い知ったばかりだ。引きつった笑みで逃げを打つも、がっちりと腰を押さえ込まれていた。

「もう放さねぇから」

「あっ……ん、まって、もう……むり……」

また律動が始まり、昴はその背中にすがるように手を回した。

髪を梳かれる感覚に、うっすらと目を開ける。

いつの間にか眠りに落ちていたのか、隣で肘を突いた健人が自分を見つめている。

「大丈夫か?」

「ん……たぶん……今は動けないけど……」

誰かさんがやめてくれないから、とすねた声を出す。

「悪い悪い」

と笑っていて少しも悪びれた様子はない。

昴の体は綺麗に拭かれて、服も着せられていた。どうやら全部健人が処理してくれたようだ。

密度の高い空気が心地よかった。なにもしていなくても、互いの心が繋がっていると感じられる。昴の髪に触れる健人の目は優しくて、意味もなく泣きたくなった。きっとこれを幸せというのだろう。

「今度、」

健人が唐突にそう言った。

「今度、どうしたの?」

言葉の続きを昴は待った。わずかに開いているカーテンの隙間から、月明かりに照らされる健人の表情は憂いを帯びている。

「今度、恒に挨拶しないとな……あっちで会ったらたぶん殴られると思うけど」

苦笑にも似た悲しい笑みは、兄を亡くした痛みを思い出しているからだろう。

「そのときは、一緒に殴られようね」

もし生きていたとして、兄の性格からすれば殴ったあとはスッキリ許してくれただろう。そう答えて健人の頬を撫でると、気持ちよさそうに目を閉じる。昴の手に自分の掌を重ねた健人が言う。

「次の休みに、玲央も連れて墓参りだな」

「うん」

頷いて、健人の広い胸に身を寄せる。重なり合う体温に、ただただ幸せを感じていた。

エピローグ

「おはよ〜！　おきて！」

昴の部屋に玲央が飛び込んできた。カーテンを開けられてしまい、夏の強い日差しに目を眇める。今日から夏休みだというのに、玲央の朝は早かった。

ここはもともと司波家の客間だった。まだ引っ越してきて間もないせいか、今まで使っていた部屋なのに、全てが真新しく見えて新鮮だ。そう、昴と玲央は完全に司波家の住人になったのだ。

「あさごはん！　たべよ！」

「ん〜……先に健人起こしてきてよ、玲央……」

隣の部屋でまだ寝ているであろう恋人に、矛先を向けようとする。昨日は遅くまで健人の部屋に居座っていたため、眠ったのは深夜を過ぎてからだった。もう少しだけ寝かせて、とまた枕に顔を埋めるものの、玲央は諦めてくれなかった。

「おーきーてー」

ベッドによじ登り、昴に馬乗りになった。今日はバイトが休みなのでゆっくり眠っていたかったが、そうはいかないらしい。ゆさゆさと揺さぶられ、これはもう起きるまで続くやつだと気怠い体を仕方なく起こした。

「起きたよ～……おはよう」

上に乗る玲央を抱え直して、その柔らかい薄い色の髪を撫でると嬉しそうに笑う。

今までの日常が、少しだけ変わりつつある。

発端は真奈美たちからの提案だった。

『司波家は三人で暮らすには大きな家だから、あんたたちこっちに引っ越していらっしゃい。っていうかもうほとんど家で暮らしているようなもんだしね』

と、健人と結ばれた翌日に持ちかけられたのだ。

自分たちの関係について真奈美と昌子には、この機にちゃんと話をした。なんて言われるか、気持ち悪がられたりしたらと怖かったけれど、昴の口からちゃんと話すのがケジメだと思ったのだ。ずっと健人のことが好きだったのだと。

すると「そんなの昔から知ってたわよ」と真奈美は笑った。健人からも報告されてたし、特に反対することもないと言うのだから、真奈美はすごい人だ。それに、と続けた。

『私もお母さんも、あんたたちが幸せならそれでいいわよ』

部屋を借りに来る外国人の中には、色々な事情を抱える人間がたくさんいるのだという。

苦しんだり悩んだりしている人たちを見てきたから、息子が元気で幸せなら恋人が男だろうが宇宙人だろうがかまわない、と割り切っているらしかった。

昴としては深刻な話をしているつもりだったのに、真奈美は『それだけ？』と気にもしていない様子で、緊張したのに肩すかしを食らうはめになった。

『今回の事件はいい機会だなって思ったのよ。子供二人で暮らすには、危険もあるし』

それは事実なので、ぐうの音も出なかった。

『あともう一つ、私から提案があるの』

叶家（かのうけ）を自分の会社で管理させてほしいのだという。

『そうすれば、安定した家賃収入が得られるから、金銭的に楽でしょ？』

米軍への賃貸収入は日本人に貸したときより割がいいらしい。しかもこの辺りはベースまでの立地もいいため、すぐに借り手も決まるだろうという話だった。

自分たちに都合がいいことばかりでいいのだろうか。一瞬悩んだけれど断る理由は一つも浮かばなかった。

一番喜んだのは、玲央だった。大切な思い出が詰まった家を忘れてほしくない気持ちもある。けれど家自体が無くなるわけではないし、思い出はいつでも胸の中にある。玲央と昴の心の中に。健人たちだって覚えていてくれる。そう思ったら、前に進もうと思えた。

「玲央、健人も起こしてきて」

レッツゴー、とけしかけると、いえっさーとベッドを飛び降りて走り出す。まもなく隣の部屋から、「けんと、おきてー」と叫ぶ声が聞こえてきて、昴はもう一度寝転んでほくそ笑む。

昴と同じく夜更かしをした健人も、まだ眠たいはずだ。恋人の部屋で濃密な時間を過ごす。それが今の昴にとって、もっとも幸せを感じられるひとときになっている。

昨日も甘やかされクタクタになった昴を、健人が部屋まで運んでくれた。こうして玲央の襲撃があると分かっているから、毎回は一緒に眠れないのだ。

ベッドでうだうだしていると、健人が眠たそうな顔で、玲央を担ぎ上げて部屋に入ってきた。

「お前だろ、玲央を放ったのは」

もう少し寝かせろよ、と欠伸をしながらはしゃぐ玲央の尻をペンペンと叩く。

「おろせ〜〜」

口ではそう言っていても、降ろそうとすると「だめもっと!」としがみつく。

「どっちだよ」

笑いながら健人が昴のそばにやってきた。

あれから、人間ではない〝なにか〟は見えていない。あらためて一時的なものだと分かって、昴と健人は胸を撫で下ろした。

担いでいた玲央を昴の上に降ろすと「このやろう～」と脇をくすぐって二人はまたはしゃぎ始めた。

「重たいよ」

昴も一緒になってふざけはじめた。すると階下から真奈美の呼ぶ声がする。

「早く降りてらっしゃい！」

途端、ふざけていたのにもかかわらず、三人同時に返事をした。

「はーい」

司波家のヒエラルキーが分かる瞬間だ。

一番に走り出した玲央に「転ばないでよ～」と声をかけ、昴もベッドから立ち上がった。よろけたところを、すかさず健人が支えてくれる。

「お前が転んでどうするよ。つか、よく起きれたな」

含み笑いに、いやでも昨夜のことを思い出してしまう。目一杯愛されたおかげで、腰に力が入らなかったのだ。そっと触れてくる手に双丘の割れ目を撫でられて、息を呑んだ。

「っ……け、んとっ……」

それだけでまた火がついてしまいそうだ。

「ばかっ」

朝っぱらからなにするんだと手を叩けば、クスクスと笑う健人の顔が近づいてきて——

唇が重なった。

途端、真奈美の「早くしなさい！」というドスの効いた声が聞こえ、慌てて部屋を出る。

隣には大好きな恋人が、この家には家族同然の大切な人たちがいる。そのことに幸せを感じながら、少しずつ大切な毎日を積み重ねていく。

そしてまた一日が始まった。

明日、起きたら

CHARADE BUNKO

風呂上がりの昴が脱衣所から廊下に出た瞬間だった。

「うわっ、びっくりした」

昴が出てくるのを待ちかまえるように立っていた健人とぶつかってしまった。バスタオルを手にしたまま、壁みたいに立ちふさがる彼を見上げる。

「健人？」

なにか用だろうか、と名前を呼ぶがその顔に表情はない。ドキリとするのと同時に戸惑った。無表情なのは怒っているからだろうか。しかし、特に心当たりはない。健人は無言で昴の手を摑んだかと思うと、そのまま二階へ向かう。

「ど、どうしたの？」

手を引かれながら問うものの、返事はない。健人の部屋に連れ込まれそうになった昴は
「ちょっと待って」と足を止める。

「ねえ、玲央と一緒に寝る約束したんだけど……」

するとムッツリしたままの健人に突然担ぎ上げられる。

「なにすんだよ、健人っ」

荷物のように運ばれて、足をジタバタさせるけれど健人の力には敵わない。ベッドの上に下ろされて、文句を言おうとした途端のしかかられる。

「いったい、ほんとどうしたの？」

そこでやっと健人が大きく息を吸い込んだ。

「一週間ぶりの昴の匂いだ……」

呟(つぶや)かれて、そういえばと思い返す。

幼稚園が夏休みに入ったため、この一週間は玲央にかかりっきりになってしまったのは確かだ。

「健人、なんか子供返りしてる？」

ぐりぐりと額(ひたい)を肩に押しつけてくる姿が、なんだか可愛い。思わず口元を緩(ゆる)めると、健人が上半身を上げて不服そうな顔になる。

「玲央ばっかりかまいやがって」

おしおきだ、と鼻先を軽くかじられても、笑みが止まらなかった。

「だって、せっかくの夏休みだし、玲央にも楽しい思い出作ってもらいたいじゃん？」

「そんなん分かってるよ。けどおかげで俺が昴不足になったんだよ。今日は覚悟してもらうぞ？」

普段、玲央はばあばの部屋で寝ることがほとんどで、夜は大人の時間とばかりに、昴は健人の部屋で過ごしている。それが夏休みに入った途端、玲央が「すばるとまいにちねるの！」と言って譲(ゆず)らなかった。おかげで健人と触(ふ)れあう時間が少なかったのは事実だ。そのわりには隙(すき)を見てキスを仕掛けてきたり、抱きついてきたりしていたと思うのだが。

「ことごとく、玲央に邪魔されてたからな」

「そうなの？」

「そうなんです」

昴の知らないところで熾烈な争いが繰り広げられていたようだ。

「相手は四歳児なのに……」

「うるせー……手加減はしてやった」

けどお前には手加減しねぇからな、と上から押さえつけられ、唇を塞がれる——と思ったら、がぶりと噛みつかれた。

「いたっ、もう～……」

なにすんだよ、と言う前に今度こそ唇を塞がれる。はじめから強く舌を吸われ、求められていることに喜びを感じてしまう。けれど、ふと玲央の顔が頭を掠める。

「ふっ……んっ……ちょ、とまった！」

ぐいっと健人を引きはがし、昴は起き上がろうとした。

「玲央は？」

小さな怪獣が昴を探してそろそろやってくるころだ。

「あいつならこねぇよ。今日は昼間にこれでもかってくらい走り回って遊ばせて、体力使わせたからな」

ハハハ、と高笑いする。どうやら、玲央は昴が風呂から上がってくるのを待っている間に、ソファで寝落ちてしまったらしい。

「今はばあちゃんの布団でぐっすりだ。だから安心しろ。乱入されることはない」

「っ……」

直接、耳に息を吹きかけられ昴は身を竦（すく）ませた。そんなことを言われたら、昴だって期待してしまうし、興奮だってする。

「ほんとに、起きてこない？」

「大丈夫だよ、ばあちゃんの部屋に運ぶときも、起きなかったからな」

くすぐってまで確認したという念の入れように、昴は噴き出してしまった。

「もう、ほんとにどんだけ必死なんだよ、健人」

「ある意味、玲央とはライバルだからな」

昴争奪戦してるから、と笑う。聞き分けのいい玲央が、健人に対してムキになるのは甘えている証拠だ。昴としてはそれを嬉しく思う。司波（しば）家のみんなに甘えさせてもらっているのは、玲央だけではない。昴も甘えている。彼らが自分たちにとって家族同然の存在だからだ。

「なに笑ってるんだ？」

ライバルなのがそんなにおかしいか？　と聞いてくる健人に、首を横に振る。

「家族みたいだなって思って、嬉しくなっただけ」

「みたいじゃなくて、家族だろ？」

健人の言葉に涙が零れそうになって、誤魔化すようにその首に腕を回す。

「うん。家族だけど、健人とは恋人がいいな……」

そう囁(ささや)くと、健人のまとう空気が濃厚なものになった。視線は熱を帯びていて、大好きなその青い瞳に吸い込まれていく。ゆっくりと近づいてくる唇を誘い入れる。しがみつき、もっととねだる。と舌がねじ込まれキスの激しさが増した。喰らい尽くすかのように口腔内を貪(むさぼ)られ、嬌声を上げる。

「あっ……ふ、んっ……」

「もっと、可愛い声、聞かせろよ」

恋人だろ？　と囁かれて、昴は迷わず本心を口にする。

「健人、大好き……」

伝えられることの幸せを噛みしめる。想いをちゃんと受け止め、それと同じかそれ以上の言葉を返してくれる人がいる。

するとさっきまでとは違い、慈(いつく)しむような優しいキスが落ちてくる。

「I Love you」

滅多に聞かない健人の英語も、真奈美譲りでネイティブ並みの発音だ。

「もっと、聞かせて」

愛されている事実を噛みしめながらねだれば、「また今度な」といつもの口調に戻ってしまう。目があうと互いに笑みが零れた。何度も繰り返すキスに、体の芯に灯がともっていく。Tシャツから入り込んだ健人の手に肌を撫でられると、鼻から甘ったるい声が漏れた。

「んっ……あ、あっん……」

久しぶりの触れ合い——とはいってもたかだが一週間なのだが——は体だけでなく心も昂ぶらせていく。薄い胸の小さな突起を、健人の長い指が捏ねてくるから、思わず腰が跳ねた。

「あ、あ、あっ」

「昴、乳首感じるよな」

「そん、なこと言わなくて、いいからっ……」

服を脱がされながら文句を返せば、なんで？ と笑われる。服を脱ぎ捨てた健人が改めてのしかかってくる。少しだけ高い体温にホッと息を吐く。

（きもち、いい……）

この瞬間が好きだ。健人の熱を感じると心も体も溶けていってしまう。肌を重ねることがこんなにも気持ちがいいなんて知らなかった。

「もっと、ぎゅ、ってして……」

願えばすぐにそれを叶えてくれる。触れあう肌が敏感になった胸の突起を掠める。それだけでイッてしまいそうだ。

「あっ……んっ、健人……」

すべて言葉にしなくても分かってくれた健人の手が肌を這う。昴は健人の愛撫に身を委ねた。

きっと明日起きたとき昴と健人が一緒に寝てるのを見て、玲央は「ずるい！」と怒るだろう。機嫌を取るために、玲央の大好きなうみかぜ公園に遊びに行こう。

「よそ事か?」

乳首を少し強めに噛むと、そう聞いてくる。昴はその痛みに快感を覚えてしまう。

「あっ、ん……明日、玲央の機嫌取るの、手伝ってね……」

健人はクッと喉の奥で笑い、「まかせろ」と言いつつ、昴の肌に口づけの小さな赤い痕を残していく。

そして二人は小さな怪獣の乱入を回避した、甘く濃密な夜に溺れていった。

あとがき

シャレード文庫さんでは初めまして、西門です。

この度は拙著を手にとってくださってありがとうございました。幼なじみ、年の差、スパダリ。大好きな設定をたくさん詰め込んでみましたが、いかがでしたでしょうか。自分なりに頑張ったので楽しんでもらえたらいいな、と思っています。

そして舞台は地元、横須賀です。今有名なのはカレーでしょうか？　あ、あと軍艦かな？　カレーはつい最近の名産なので実は食べたことがありません（笑）。けど軍艦は昔から普通にあるものと捉えていたので、自分の中では珍しいものではありませんでした。

作中にもありますが、坂と山の街で平地が少ないんですよ。もちろん西門家も山の上なのでめっちゃ風通しがいいですよ〜。ほんとに洗濯物がよく乾きます。食べ物も美味しいし、気候もいいので私は横須賀が大好きです。

今回のお話はそんな私の小さな経験を含めて、今までとは違うテイストも加えてチャレンジさせてもらいながら頑張ってみました。私は本当に時々なんですが、この世のものでないものが見えるときがあります。もしかしたら本当は残像だったり幻聴なのかもしれません。けど確かに「あれ？」と思うものが見えるのも事実なんです。ただ怖くないし、「あの人、人間じゃなかった～」くらいなのでたいしたことはありませんが（笑）。けど、友達がめっちゃ見える人で、それをヒントに今回のお話を思いつきました。なので少しでも楽しんでもらえたらいいなと思っています。

その挑戦をする上で、とても親身になってくださった担当さんには、本当に感謝しております。作家としてどん詰まりだった私を引っ張ってくださいました。けどそのせいでめちゃくちゃ迷惑かけまくってしまって……。ほんと大変だったろうなと思います。それでも根気強く付き合ってくださったおかげで形になりました。本当にここまで来られてよかったとホッとしております。色々とご迷惑とお手数をおかけしました。本当にありがとうございました！　これからもどうぞよろしくお願いいたします。

そしてこの作品のキャラクターに命を吹き込んでくださった、橋本あおい先生。めちゃくちゃ格好いい健人と、イメージ通り可愛い昴、そして天使な玲央をステキに仕上げてくださってありがとうございました！　イラストの確認作業の度に声を上げて喜んでしまいました！　いつかお仕事でご一緒できたらいいなと思っていたので、このような機会に恵まれて私は幸せです。本当にありがとうございました！

そしてなにより、たくさん相談に乗ってくれた友人各位。今回の作品は特にいろんな人に助けられたと思っています。私の鬱々とした話を聞いてくれて、声をかけてくれて本当にありがとうございました。みんな大好き！

最後にこの本を手にとってくださった読者の皆様。本当にありがとうございました。

この状況下で少しでも現実を忘れられる一時を提供できたのなら嬉しいです。作品の中でなにか一つでも感じていただけたらいいなと願います。

よければ感想などお聞かせください。皆様からいただける感想ひとつひとつが本当に活力です。どんな形でも嬉しいので（できれば編集部宛にお手紙がありがたいです）、是非感想お寄せください！

ツイッターで刊行記念の企画をする予定です。よかったらそちらもフォローしてみてください（@simon_outside）。

まだまだ大変な時期は続くと思いますが、皆様が健やかに過ごせますようお祈りしております。

では、またどこかでお目にかかれますように。

西門

西門先生、橋本あおい先生へのお便り、
本作品に関するご意見、ご感想などは
〒101-8405
東京都千代田区神田三崎町2-18-11
二見書房　シャレード文庫
「二人の被写界深度」係まで。

本作品は書き下ろしです

CHARADE BUNKO

ふたり　ひしゃかいしんど
二人の被写界深度

2021年12月20日　初版発行

さいもん
【著者】西門

【発行所】株式会社二見書房
東京都千代田区神田三崎町2-18-11
電話　03(3515)2311［営業］
　　　03(3515)2314［編集］
振替　00170-4-2639
【印刷】株式会社 堀内印刷所
【製本】株式会社 村上製本所

落丁・乱丁本はお取り替えいたします。
定価は、カバーに表示してあります。

ISBN978-4-576-21190-9

https://charade.futami.co.jp/